JN319095

庫

閻魔まいり

御宿かわせみ10

平岩弓枝

文藝春秋

目次

閻魔まいり

蛍沢《ほたるざわ》の怨霊《おんりょう》

一

神林東吾《かみばやしとうご》が、柄にもなく、るいを蛍狩に伴《つ》れて行く破目になったのは、狸穴《まみあな》の方月館《ほうげつかん》から大川端の「かわせみ」へ帰って来た夜に、麻布の里の蛍の話をしたからであった。

方月館のある高台から見下す台地は一面の田圃《たんぼ》で、小川が蛇のようにうねって流れている。夏の夜、川っぷちは蛍の光の競演であった。

で、昼間は方月館で一日中、門弟に稽古をつけている東吾も、夜は暇だから、夕涼み旁《かたがた》、正吉やおとせと一緒に蛍見物に出かけた。

「なにしろ、あの辺の蛍は人を怖がることを知らないからな。いくらだって近くに寄ってくる。方月館へ帰って来てみたら、おとせの髪に何匹もとまっていて、そいつが方月館の庭をぴかりぴかりと飛ぶんだよ」

いい気になって話している中《うち》に、るいが寂しそうな顔になった。

「むかしは、このあたりにも、蛍が飛びましたのに、この節はまるっきり見えなくなりましたね」

るいの表情に、まだ気がつかないお吉《きち》がいい、それで東吾は思い出した。

五つか六つの頃、るいが、多分、出入りの植木屋からでも貰《もら》ったのだろう、蛍籠《ほたるかご》に入った数匹の蛍を、東吾にみせた。昼間みたところ、なんの変哲もない小さな虫が、夜になると光を放って飛ぶと聞かされて、半信半疑、夜になってから屋敷を抜け出して、再び、るいの父親の屋敷へ行った。小さな籠の中で、光っている蛍をみて、感激の余り、兄にもみせたいというと、るいが籠ごと貸してくれた。

それを持って、大急ぎで屋敷へ帰る途中、石につまずいて、ころんだはずみに、籠が開いて、蛍がいっせいに空へとび出してしまった。

どうするすべもなく、茫然と突っ立っている所へ、東吾を探しに来た兄が走り寄って来て、半べそをかいている弟に、明日までに同じものをみつけてやるから泣くなと優しくいってくれた。そして、翌日、兄は東吾の知らない中に、どこかへ行って、昨日、るいが貸してくれたのと同じような蛍籠を入手して、東吾を伴れて、るいの所へあやまりに行ってくれた。

「この近くで、蛍狩というと、どこまで行けばいいいんだ」

嘉助《かすけ》に訊《き》いてみると、

「やはり、谷中や根岸でございましょうか」

そういえば、日暮里の宗林寺の近くに蛍沢と申すところがございまして、それは沢山の蛍が飛びますとか、先だって長助《ちょうすけ》親分が申して居りました、という。

「蛍沢か、そりゃよさそうだな」

翌日、深川まで行って長助に訊いてみると、大川端からは舟で隅田川を上って、三味線堀から三輪《みのわ》を抜けて石神井《しゃくじい》川用水へつながる川伝いに行ってもいいが、それよりは、いっそ、隅田川を千住大橋の先まで行って、豊嶋村の渡し場から上ると歩いてもすぐのところだと教えてくれた。

「なんなら、あっしが若い者とお供を致します」

この前、町内の夕涼みで行って来たが、それは大層な蛍で、

「あっしのところの若い連中も、一ぺん、行ってみてえと申して居りますんで……」

そんなこんなで話が決り、

「どうせのことなら、お吉さんも行っておいでなさい。裏方は女中がしっかりしているし、手前が留守番を致しますから……」

嘉助が年の功で勧めた。

夏のことで「かわせみ」の泊り客も、そう多くはない。

結局、蛍狩は、東吾とるい、それに、お吉と長助と船頭上りの若いお手先が二人、総勢六人が、少し早目に大川端を猪牙舟《ちょきぶね》で出かけた。

地上は晴天で暑いが、川の上は風が涼しくて、お吉が昨日から井戸につるして冷やしておいた西瓜などを切って、のんびりかぶりついている中に千住大橋を越えた。

左手にやや小高くみえるのは道灌山《どうかんやま》で、むかし太田左衛門大夫持資《もちすけ》入道道灌の出城のあった所で松の大樹が多くみえる。

川っぷちは軒並み寺で、ところどころに墓地もみえる。

やがて、豊嶋村の渡し場で、そこから、舟を上ると一面に水田であった。

なんの鳥か、賑《にぎ》やかに啼《な》いている林の横の小道を行くと、その先も田と畑ばかりで、ぽつんぽつんと建っているのは、寺ばかり。

「随分と閑静というか、寂しいところでございますね」

るいの後を歩いているお吉が心細い声を出した。

だが、長助の話によると、その閑静さが好まれて、根岸からこの附近まで、江戸の大町人がしきりに別宅を建てるのが流行《はや》っているという。

成程《なるほど》、気をつけてみると小川のほとりや、ちょっとした木立のかげに、数奇をこらした新しい家がみえがくれしている。

長助が前もって使をやって段どりをしておいたとかで、宗林寺へ着くと住職自ら出迎えてくれて、方丈《ほうじょう》の客室を開けておいてくれた。

寺だからといって遠慮なく、酒でも弁当でもつかってくれ、とものわかりのいい話である。

で、早速、お吉が用意して来た重箱がいくつも取り出され、長助のところの若いお手先がしょって来た酒や肴も並べて腹ごしらえをしている中に、いい具合に夜になった。

「あら、蛍……」

るいが声を上げた。方丈の庭に小さな光をひいて蛍が飛んでくる。

「こんなもんじゃござんせん。この先の沢のある所まで参りますと、もう、うじゃうじゃって有様で……」

したり顔の長助が案内役で、提灯《ちょうちん》の用意をし、そろって寺の外へ出た。

流れのふちの道を行くと、やがて蛍沢、まさに名前の通りの光の集落であった。

「おい、足許に気をつけろよ」

暗いのを幸い、東吾はるいの手をしっかり摑《つか》んで沢のほとりに立った。別に歩き廻らなくとも、蛍のほうでいいように寄ってくる。

むこうでは、長助とお吉が用意して来た蛍籠にせっせと蛍を採っていた。

「番頭さんにみせてあげるんですよ」

持って帰って、「かわせみ」の庭へ放したら、泊り客もどんなに喜ぶだろうという。

ひとしきり、あっちこっちで童心にかえったようなざわめきが聞えていたのだが、突然、お吉が悲鳴を上げた。

「誰かいますよ、そこんところに……水に漬かって……」

お吉のすぐ近くにいた留吉というのが提灯をさしのばしてみると、一面に茂った水草の中に男の顔が半分ほどみえた。

「親分……仏さんのようで……」

長助と竹造が傍へ来て、各々、提灯をさし出した。

東吾が、どこでみつけて来たのか、竹の棒で男の着物をひっかけるようにして、ぐいと引く。

若い衆二人が沢へばしゃばしゃ入って行って死体を岸へ上げた。

「若先生……」

長助が提灯のあかりで、死体の胸を照らした。そこにやや細身の出刃庖丁が、深々と突きささっている。

髪は元結が切れて、ざんばら。断末魔の苦悶《くもん》のためか、ものすごい形相であった。

二

翌日の午後。

東吾が、八丁堀の兄の屋敷へ帰っていると、畝源三郎《うねげんざぶろう》がやって来た。

「昨夜は、とんだ蛍狩だったたそうで……」

それでなくとも浅黒い顔が、夏の町廻りでまっ黒になっている。

兄嫁の香苗《かなえ》が気をきかして、よく冷えた素麵《そうめん》を運んで来てくれると、源三郎は喜んで箸をとった。

今朝、日暮里の宗林寺まで行って、その足でここへ来たもので、午飯《ひるめし》もまだだったらしい。

「長助が恐縮して居ましたよ、とんだところへ御案内をしてしまったと……」

「長助のせいじゃない。第一、一番、災難だったのは長助だろう」

自分の縄張りの内ではないが、死体をみつけた以上、知らん顔も出来ず、昨夜から今朝にかけてのお調べにつき合った。

「身許《みもと》は知れたのか」

昨夜、東吾がざっとみた限りでは、木綿物の着物に、はだしで、懐中には手拭一本と小粒少々の財布ぐらいしか持っていなかった。

財布の中にも、これといって身許の知れるものは入っていなかったのだ。

「それが、思いがけないことから、判りました」

今朝になってから、蛍沢附近を調べてみると、死人が履いて来たものと思われる下駄がみつかった。

「それが宿屋の下駄でございまして、裏に焼印がありまして……」

福井町の杉井屋という旅籠《はたご》のものであった。

で、杉井屋へ行ってみると、

「八王子村から来た清治郎《せいじろう》という客が一昨日の夕刻から出かけてまだ、帰っていないというので、死体の面通しをさせましたところ、間違いないとわかりました」

気がつきません」

「御承知のように、あの場所は蘆《あし》が茂り、水草が繁茂して、ちょっと通ったくらいでは、
するとこ、死体はおよそ一日、あの蛍沢の水中に漬かっていたことになる。

「検屍《けんし》のほうでも、殺されたのは、一昨日の夜半すぎではないかと申して居ります」

「一昨日の夕方か……」

もともと人通りのある場所でもなかった。

夜こそ、蛍見物の人が来ることもあるが、宗林寺の他は田圃と畑ばかりで、百姓家も遠かった。一日中、気づかれなくとも不思議ではない。

「殺されたのも、あの場所か」

「そのように思われます。まず、下駄が近くでみつかったこと、それから沢のふちに僅かですが、ふみにじられた跡がございました」

人が争った足跡である。

「大勢ではございません。おそらく下手人は一人、あの場所に深夜、清治郎をおびき出すか、伴れて行くかして、突き殺したものと思われます」

「清治郎という男は、江戸へなんの用で来ていたんだ」

「それは、杉井屋では、わかりませんでしたが、八王子村の清治郎の留守宅へ変事を知らせてやりましたので、明日にでも家族の者が江戸へ参るかと存じます」

家族が来れば、清治郎が江戸へ出て来た目的もわかる。

「杉井屋へ清治郎が着きましたのは三日前だそうでございます」

つまり、殺された夜の前日の夕方で、

「宿の話ですと、着いた日はどこへも出かけず、翌日の朝に、ちょっと出かけて行き、半刻《はんとき》(一時間)ばかりで戻って来まして、それから改めて夕方、どこへ行くともいわず出て行ってそれきり戻って来なかったのだそうです」

殺された理由は、案外、そのあたりにあるかも知れないと源三郎はいった。

「清治郎は八王子村で、なにをしていたのだ」

「百姓と、宿帳には書かれて居ります。たしかに体つきもたくましく、手足は力仕事をしている者のようですが」

気になったのは、清治郎が帳場にあずけておいた金で、

「十両ばかりだそうです」

百姓にしては大金である。

その金は、杉井屋がやがて到着する清治郎の家族に返すことになっている。

「まあ、八王子村から出てくる者が、なにか心当りを話してくれるかも知れませんが……」

金めあての、行きずりの殺人でないことだけは明らかであった。

帰りがけに、源三郎が帳場まで送って出た東吾に笑った。

「かわせみのお吉が寝込んでいるそうです。あとで見舞ってやって下さい」

蛍沢での死体発見の衝撃が強すぎたせいらしい。

「そいつは気の毒だ」

源三郎が帰ってから、東吾は兄嫁の部屋へ行った。

「かわせみの女中頭のお吉が病気のようなのです。普段、世話になっているので、なにか見舞を届けてやりたいと思うのですが……」

なにがよいだろうかという義弟の相談に、香苗が訊《たず》ねた。

「ものは食べられますの」

「別に食当りでも、腹をこわしたのでもありませんから……」

「では、こんなものは如何《いかが》かしら」

女中を呼んで持って来させたのは葛《くず》で小豆の煮たのを包み込んだ菓子で、兄、通之進《みちのしん》の好物であった。

「たった今、使をやって求めさせたのですけれど、旦那様には葛切りを作ってさし上げますから、とりあえず、これをお持ちなさいまし」

「それでは兄上に申しわけありませんね」

「いいえ、又、明日、買いにやりますもの」

葛菓子を瀬戸の鉢に盛って半紙をかけ、水引で結んでくれたのを持って、東吾は屋敷を出た。

今日も一日、蒸し暑かったが、外に出てみると遠雷が聞える。

「かわせみ」へ行ってみると、お吉は起きて蒼《あお》い顔で働いている。

「いくら、寝ていなさいといっても、いうことをききませんのよ」

るいが苦笑まじりにいいつけた。

「八丁堀育ちが、死人をみたくらいで具合が悪くなったといわれるのが、くやしいらしいんです」

今朝から食欲がなく、午《ひる》もろくに食べていないと、案じ顔である。

「義姉上《あねうえ》から、見舞をもらって来たんだ。お吉を呼んでくれ」

葛菓子を出していうと、るいはすぐに台所へ行って、お吉をつれて来た。

「神林様の奥様が、これをお前にとおっしゃって下さったそうですよ」

瀬戸の鉢ごと、前へ押しやられて、お吉は忽《たちま》ち、涙を浮べた。

「もったいない。お吉はどこも悪くはございませんのに……」

「いいではないか。俺も、源さんから、お吉の食が進まないときいて心配してやって来たんだ。大体、あんなものをみて、いい気持の奴はいないが、いやなことは早く忘れて、いつものお吉になってくれ」

優しくいわれて、お吉は声を上げて泣き出した。あげくに、葛菓子を二つも食べて、

「もう元気になりました。本当にありがとう存じます」

顔色までよくなって、台所へ戻って行く。

東吾のほうは、るいが用意した暑気払いの酒を一杯やっている中に、雷鳴が近づいて

夕立になった。

今度は、雷ぎらいのるいが蒼くなる。

「おい、早く、蚊帳《かや》へ入れ」

年下の亭主は万事、心得ていて手早く青蚊帳を吊《つ》って、るいをその中へ入れ、ついでに自分も一緒に入って、しっかり抱いてやった。

稲光と雷鳴と篠《しの》つく雨が半刻ばかりで止み、外はそのまま、夜になった。

東吾が、兄の屋敷へ帰ったのは、更けてからであった。

次の日、東吾は御蔵前片町《おくらまえかたまち》へ出かけた。

鶴伊勢屋というのが、兄の好物の葛菓子を作っている店で、旨《うま》いという評判を聞き伝えて、かなり遠方からも客が来るが、老主人がむかし気質の職人で、その日に売る菓子は夜明けから作って朝までに出来上るだけと決めているので、大方は午前中に売り切れてしまう。

東吾が行った時も、店の前には行列が出来ていた。

侍が菓子を買う行列に並ぶというのは、いささか気のひけるものだが、東吾は一向にかまわなくて、悠々と最後についていると、やがて、もう一人、十六、七の若い女中が走って来て、東吾のあとに並んだ。そのあとに来た客は行列を勘定すると、みな、仕方なさそうに帰って行く。

後にわかったことだが、そうした連中は鶴伊勢屋が一日に売る菓子の量を知っていて、今から行列の尾についても無駄だと諦めて去ったのであった。

葛菓子は、ちょうど東吾が十個入りを求めたところで終りであった。東吾の背後に並んでいた女中の買う分けはない。

「申しわけございません。本日は、これきりでございまして……」

律義そうな主人が詫《わ》びると、若い女中は泣きそうな顔をした。

「あの、なんとかなりませんでしょうか。お内儀《かみ》さんが、お加減を悪くして居りまして、どうしても、こちらの葛菓子をといわれて、買いに参りましたので……」

「それは有難いことでございますが、御承知のように手前共では、これから明日のために小豆の下ごしらえやら、葛粉をすったり致しまして、それで夜やすむまでになんとか明日の分の用意が出来ます始末で、決しこもったいぶっているわけではございませんが、今日のところは……」

傍で聞いていた東吾は、つい、いった。

「それでは、これを半分はど、そっちへ分けてつかわしてもよいが」

主人がたて続けにお辞儀をした。

「もし、そうして頂ければ、まことにかたじけないことでございます。こちらは、すぐ近くの巴屋《ともえや》さんと申す料理屋のお女中で、何分にも同じ御町内ではあり、顔なじみの仲でございますので、なんとかしてさし上げたいところでして……」

東吾がさし出した菓子包を開けて、改めて五個ずつに包み直しながら、女中にいった。

「お客様に申し上げる言葉ではないが、どうしてお前さま、もう少し早くに並んで下さらなかった。お近くのことだし、手前共の商《あきな》いのやり方も御承知だろうに……」

女中が小さくなって、頭を下げた。

「あいすみません。今日は日暮里の寮から来たもので……」

「お内儀《かみ》さん、日暮里に……」

「はい」

「お具合を悪くして……」

「そうなんです」

「つい、四、五日前にお店の前でおみかけしたが……」

「さきおとといからなんです。寮のほうへおいでになったのは……」

「そりゃそりゃ……」

二つに分けられた包の一つを東吾が、もう一つを女中が受け取った。

「失礼でございますが、これを……」

女中が支払った五個分の金を、主人が丁寧に東吾へ返す。

「本当に申しわけのないことを致しました」

さしつかえなければ、お屋敷を教えて頂けないかといわれて、東吾は八丁堀の神林と答えた。

「兄と義姉が、この店の菓子がひいきなんだ」

「お客様は……」

「俺は、甘いのは苦手でね」

小さな菓子包を大事そうに持って鶴伊勢屋を出て八丁堀の屋敷に戻ってくると、下働きの女中がしょんぼりしている。どうやら兄嫁に叱られたらしいので、東吾は慌てて、釈明した。

「昨日、手前が頂いた代りに、今日は手前が求めに参ったのです。おちよは自分で参ると申すのを、無理に手前が参ったのですから……」

香苗は苦笑して、東吾へ手を突いた。

「お気持は嬉しゅうございますが、東吾様を菓子屋に並ばせては、私が旦那様に申しわけが立ちません。以後、決してそのようなことはなさいませんように……」

「承知しました。ともかく、おちよをお叱りになりませんようにお願い申します」

運よく、そこへ源三郎が来た。

「八王子村から、清治郎の娘と娘聟《むすめむこ》が出て参りましたので、これから日暮里まで参ろうかと存じます」

早速、東吾はとび出した。

蛍沢で殺された清治郎の娘というのは、今年十九で名をおきよという。

この春に、同じ村の伊之助というのを養子に迎えたばかりとかで、どちらも素朴な田舎の若者の感じであった。はじめて江戸へ出て来ただけでもおどおどしているのに、父親の不慮の死の知らせで、ひどく動転している。

日暮里へは、やはり大川を舟で上った。

清治郎の遺体は、今のところ、宗林寺の墓地に仮埋葬してある。

「早速だが、清治郎は、なんの用で江戸へ出て来たんだ」

舟の中で東吾が訊き、若い夫婦が顔を見合せるようにし、伊之助のほうが答えた。

「それが、よく存じませんので……」

古い知り合いが江戸にいるので、訪ねてくるといいおいただけだといった。

「古い知り合い……」

「はい、多分、父が江戸に居りました頃の知り合いと存じますが……」

不安そうにおきよが返事をした。

「清治郎は、江戸にいたことがあるのか」

「なくなった母から聞いたことでございますが、甲州から江戸へ出て来たものの、よい仕事もなく体を悪くして、甲州へ戻ろうとする途中、八王子村まで来て倒れたそうでございます」

行き倒れになりかけた清治郎を助けたのが、おきよの祖父に当る清右衛門で、八王子村では大百姓であった。

「父は、体がよくなってから、祖父への恩返しに村で働き、その中に祖父にみこまれて、母と夫婦になったそうでございます」

「お前の母親は歿《なくな》ったのか」

「はい、昨年の正月に祖父母の墓まいりに参りまして、帰って来て倒れまして、それきりになりました」

おきよは、母親の一周忌を待って、かねてから約束のあった伊之助と婚礼をした。

「父も大層、喜んでくれまして、これで肩の荷が下りたと申して居りましたのに……」

急に思い立ったように、江戸へ出かけて行って、それきり不帰の客となった。

「江戸で、清治郎が訪ねるといった古い知り合いの名前は、聞いていないのか」

「はい、訊ねたのですが、口を濁して申しませんでした」

「男とか、女とかは……」

「申しません」

娘は途方に暮れている。

実の娘が、そんなくらいだから、無論、伊之助もなにも知らず、

「四、五日で戻るから、と、ただ、それだけでございまして……」

死んだという知らせを受けても、まだ、信じられないでいる。

宗林寺へ着いて、寺男が土を取り除き、棺を開けて、二人は変り果てた清治郎に対面した。

夏のことで、遺体はすでに傷《いた》みがひどく、二人とも、一目みただけで顔色を変え、おきよは失神しそうになった。

「義父《ちち》に相違ございません」

伊之助が証言し、それで、清治郎の遺体は漸《ようや》く荼毘《だび》に付されることになった。

遺体が焼かれたのは、宗林寺の裏の原っぱで、寺男たちが小さな穴を掘り、薪《たきぎ》を積んだ中に遺体を入れて火をつける。

江戸のはずれなればこその風景であった。

「どうも、むずかしいことになりそうですな」

人の焼ける煙を眺めながら、源三郎が呟《つぶや》いた。

どう訊ねてみても、娘夫婦は清治郎について、たいしたことを知らなかった。

わかっているのは、今から二十年前に、清治郎が八王子村で行き倒れになりかけてからのことで、それ以前は、江戸でなにをしていたのか、どこに住んでいたのかも聞いていない。

「清治郎が話したがらなかったようですが、……清治郎を助けた、おきよの祖父の清右衛門でも生きていてくれれば、もう少しなにかが訊けたと思いますがね」

肝腎な人間は、みんなあの世へ行ってしまっている。

夕暮前に、遺体は白い骨になった。

「父は、甲州にはもう肉親がいないと申して居りましたので、お骨は母と一緒に八王子村の墓へ葬るつもりでございます」

娘夫婦は、その夜は父親が泊った杉井屋へ草鞋《わらじ》を脱ぎ、翌日、骨壺を抱いて八王子村へ帰って行った。

二

中二日ほどおいて、東吾が八丁堀の組屋敷の中にある道場で、若い子弟の稽古をつけてやって、屋敷へ戻ってくると、珍しく、兄の通之進の声が聞えている。

「お帰りなさい。只今、帰りました」

敷居ぎわにすわって挨拶《あいさつ》をした弟へ、兄が笑った。

「東吾は甘いものが、苦手であったな」

「はあ」

兄の前に、鶴伊勢屋の、例の葛菓子がおいてある。つい三日前に東吾が買って来たばかりだのに、よくまあ飽きもせず、と眺めていると茶を運んで来た香苗がいった。

「今朝ほど、鶴伊勢屋の御主人が届けて下さいましたのですよ。この前、東吾様に申しわけのないことをしたと……」

東吾は、つい、頭へ手をやった。

「いや、あれは手前が勝手に致したことです。いくら、兄上と義姉上がお好きでも、一ぺんに十個も召し上ることはあるまいと存じて、半分、わけてつかわしただけですから……」

通之進がいった。

「其方《そのほう》が、善根をほどこしたのは、巴屋の女中だったそうだな」

兄の口調に冗談らしいものがあって、東吾は安心した。

「左様です」

「巴屋を存じて居るか」

「蔵前の料理屋でしょう。手前は上ったことはございませんが」

「諸国代官所などの御蔵元御出役の折の休息所となっている。格式も高いが、なかなか立派な店だ」

兄がなにをいい出すのか、東吾は見当がつかなかった。

「鶴伊勢屋の主人がちらと洩《も》らして行ったそうだが、巴屋の内儀が、少々、気が触れて、別宅で養生をしているという噂《うわさ》があるそうだ」

「気が触れたのですか」

そういえば、あの時、巴屋の女中が、お内儀さんの具合が悪くて日暮里の寮へ行っているというようないいわけをしていたが、

「それが……」

香苗が慎しみ深く、そっといった。鶴伊勢屋から巴屋の内儀の噂を聞いたのは、兄嫁らしい。

「人様のことをあれこれ申してはいけませんが、あまり奇妙なことなので……」

「なんです、いったい……」

「蛍を怖ろしがるそうですの」

「蛍……」

「はい、日暮里あたりは蛍が多いそうですね。それをみると、まるで瘧《おこり》やみのように慄《ふる》えて、手がつけられないと申しますの」

「蛍ですか」

東吾が考え込み、通之進が葛菓子をきれいに食べ終えて、茶を喫した。

「なにか、心当りがあるのか」

「蛍沢で人が殺されました。八王子村から出て参った男で、二十年前に、江戸にいたことがあるそうで、このたびは江戸に古い知り合いを訪ねるとだけいって、村を出て来たようです」

「年は……」

「四十二と、娘が申して居りました」

「二十年前というと、二十二歳だな」

「甲州から江戸へ出て来て、よい働き口もみつからず、体を悪くして甲州へ戻る途中、八王子村で、大百姓に助けられ、その娘をめとって暮していたと申します」

その女房が昨年、死んで、この春には一人娘が聟をむかえた。

「蛍沢と申す所は、谷中にもあるが……」

「清治郎が殺されたのは、日暮里の蛍沢でございます」

兄嫁が茶碗を下げて行ったのをみすまして、急いで、つけ加えた。

「胸に出刃庖丁を突き立てられて、死んで居りました」

「いつのことだ」

「殺されたのは、この月の七日、死体がみつかったのは、その翌日の夜でございます」

「蛍沢と申すのは、蛍の名所か」

「はい、手前が参った時は大層な蛍で、その割には不便な所ですから、そう大勢の見物人が夕涼みに参るようでもありません」

なにしろ、夜は寂しすぎた。

田圃と畑と、寺と墓地ばかりである。

「畝源三郎に申して、一度、調べてみるとよいかも知れぬ。巴屋の内儀が、いつから日暮里の寮へ参っているのか、いつ頃、蛍を怖れるようになったのか」

「はい、早速、源さんに話してみます」

同じ八丁堀の、畝源三郎の屋敷へ行ってみると、ちょうど町廻りから帰ったところで東吾の話を聞くと、身を乗り出した。

「巴屋と申すのは、御蔵前片町ですね」

「そうだ、清治郎が泊ったのは、福井町の杉井屋だ」

隣町ではないが、距離はたいしたことがない。

歩いて行っても、まず小半刻《こはんとき》(三十分)か。

「清治郎は七日の日、一度、杉井屋を出て半刻（一時間）足らずで戻って来たそうだ。もし、その時、巴屋へ行ったとすると……」

「巴屋の者が、清治郎をみているかも知れません」

「それと、巴屋の内儀が、いつからおかしくなったか、だが」

二人揃って、もう暮れている八丁堀を出た。

途中、御蔵前界隈《かいわい》を縄張りにしている彦六という老練の岡っ引に声をかけ、ざっと事情を話して、巴屋へ行かせた。

東吾と源三郎は近くの番屋で待っている。

やがて、彦六が戻って来た。

「七日の昼、巴屋へ見知らぬ男が訪ねて来たということはないようで……奉公人に全部、聞いてもらいましたが、お内儀《かみ》さんにそういう取次ぎをした者も居りません」

ただ、巴屋の内儀は七日の夕方から日暮里の寮へ行っていた。

「あまり暑い夜が続くので、ねむれないと申して、七日に出かけて行ったそうです」

「巴屋の内儀というのは、いくつだ」

と東吾。

「たしか、三十七、八ではなかったかと……およねさんと申しまして、後添えでございます。もともとは、巴屋へ女中奉公をしていて、旦那のお子がついたという奴でして……まあ、器量よしで気働きのする女なので、前のお内儀さんが九年ほど前に歿ったあと、暫くして、後妻に直ったんでございます」

巴屋の主人、忠兵衛との間に子供はなく、

「総領の忠太郎さんは、前のお内儀さんの子供でございますが、家の中は、うまくおさまっているようでして……」

流石《さすが》に、自分の出入り先だけあって、彦六は、巴屋の内情をよく知っていた。

「巴屋の内儀が、気がおかしくなっているというのは知っているか」

東吾に訊かれて、彦六が苦笑した。

「もう、旦那方のお耳に入りましたか」

おかしくなったといっても、たいしたことではなく、日暮里の寮で、夜、蚊帳の中に蛍が入っていて、

「お内儀さんが、ふと、目をさますと、そいつが光って飛んだんでござんしょう。ひどく、びっくりなすって大声を上げたんで。まあ、日暮里あたりは蛍が多うございます、間違って蚊帳の中へ入り込むってことも、ないわけじゃございません。それでも、そういうことに馴《な》れておいでなけりゃ、仰天もなさいます」

彦六は穏やかに笑っている。

「それだけなのか」

「へえ、女中の話ですと、お内儀さんが、それから蛍を嫌って、夜になるとはやばやと戸を閉めてしまうんだそうで、いくら、日暮里でも、それでは暑くてたまりますまいと

申して居ります」

「およねが、巴屋へ女中奉公に入ったのは、いつ頃のことだ」

「さあ、今から二十年以上も前でございましょうか」

「およねの生れは……」

「たしか、甲州ときいて居ります」

番屋を出て、東吾と源三郎は御蔵前を歩いた。

もう、すっかり夜で、賑やかな通りもひっそりしていた。

御厩河岸《おうまやがし》から舟で大川端へ戻る。

「およねと清治郎が、旧知ということでしょうか」

源三郎がいった。

「二人は一緒に甲州から出て来たのかも知れないな」

二十年前、男は二十二、女は十七、八。

「かけおちか」

江戸へ出て来て、女は女中奉公、男はこれといって定まった仕事もない。

「清治郎が、甲州へ帰ろうとしたのは、およねに、巴屋の主人のお手がついたからでしょうか」

「ありそうなことだな」

女のほうも、たよりにならない、田舎者の恋人よりも、大店《おおだな》の主人に心が移る。

「清治郎はおよねに会いに来たんでしょうか」

二十年前に別れた女であった。

「まだ未練があったのか、その後、どうなっているか知りたかったということか」

自分のほうは、女房が死んで、かなり自由な立場であった。

「しかし、二十年ぶりに、昔の恋人が訪ねて来たからといって、殺しますか」

「男が強く復縁を迫ったら、どうだ」

「女は、巴屋を出る気はなかったのでしょうな」

「そりゃあそうだろう。あれだけの店の内儀におさまっている女が、今更、八王子村へ行って百姓をすると思うか」

「迫られて殺したんですか」

「殺すまでもねえと思うが、男と女のことだからな」

それにしても証拠がなかった。

七日の夜に、巴屋のおよねが日暮里にいて、蛍を怖れるというだけでは、清治郎殺しの下手人と決めるわけには行かない。

「彦六の話だと、およねは今でも、日暮里の寮にいるそうだな」

明日にでも、およねに会ってみるかと東吾がいい、源三郎が承知した。

「彦六に案内をさせますか」

「いや、源さんと二人のほうがいいだろう」

「では、寮の場所を訊いておきます」

四

朝、激しい雨が降った。

東吾と源三郎が八丁堀を出る頃はうまい具合にやんで、おまけに暑さがぐんと薄らいだ。

これまでは、豊嶋村まで大川を上ったが、今日は浅草から山谷堀を入って上野の御山の裏を抜け、不動尊御行《おぎょう》の松へ出てくる川筋を猪牙でひたすら漕ぎ上って行った。

これは石神井川用水に続く水路である。

根岸をすぎ、天王寺の裏手で舟から下りた。

小さな橋を渡ると、その道の先が道灌山で、宗林寺はその麓に近い。

だが、源三郎は橋を渡らず、逆の道を行った。

「下日暮里の新堀村というのが、このあたりだそうです」

巴屋の寮は川からさして遠くないところにあった。

こぢんまりとした隠居所といった建物である。

二人が近づくと、家の前で女が一人、ぼんやり立っていた。

年齢からいっても、身なりから推しても、これが巴屋のおよねではないか、と二人は感じた。

「卒爾《そつじ》ながら、ちとものをたずねたいが……」

声をかけたのは東吾で、

「宗林寺と申す寺は、この近くと聞いたが」

女が、明らかに動揺した。

「いえ、こちらではございません。その道をお戻りになって、橋を渡って……」

「蛍沢と申すのも、その方角か」

顔色を失った女が、へたへたと草にすわり込んだ。

「巴屋のお内儀だな。あんたは甲州の清治郎という男を知っているか」

およねは目を据えていた。口もきけないでいる。

「清治郎は七日の夜、この先の蛍沢で殺された。あんた、七日の夕方から、この家へ来ていたそうだが……」

ひいっとおよねが帛《きぬ》を裂いたような声を出した。

「あの人は……殺されたんじゃありません。自分で死んだんです。出刃庖丁で胸を突いて、自分で死んだんです」

ぶるぶる慄えているおよねの肩へ、東吾がそっと手をかけた。

「あんたは、いつ、清治郎に会ったんだ」

「六日です。六日の夕方、用たしをすませて店へ帰ってくると、店の表の道に、あの人が立っていて……今、江戸へ着いたところだと申しました。あたしはびっくりしてしまって、人目についても困りますので、明日、朝の中に店の裏の川っぷちで待っているように申しました」

土気色の顔で、およねは喋《しゃべ》り出した。話し出すにつれて、落着きが戻って来たようだが、声は上ずったままであった。

「七日の朝、奉公人に気づかれないように、川っぷちへ出てみますと、あの人がいて……それで、あたし、用意しておいた手紙を渡して……」

「ここへ来るようにしたのだな」

「はい、ここなら、ゆっくり話が出来ると思って……」

「お前たちは恋仲だったのだろう」

その問いにも、およねは素直にうなずいた。

「江戸で夫婦になるつもりでした。でも、あの人はどうしても、江戸の水になじめなくて……結局、甲州へ戻りたいといい出して」

「それで別れたのか」

うつむいていたおよねが、指の先で涙を払った。

「清治郎は甲州へ帰る途中、八王子村で行き倒れになって、土地の大百姓に助けられ、そこで入聟になって暮していたんだ」

「ききました。その話は……」

「清治郎は、お前になにを話しに来たんだ。まさか、むかしの怨みをいいに来たのではあるまい」

　およねが顔を上げた。なんともいえない笑いが口許に浮んでいる。

「あの人、よりを戻したいって……今から、やり直しは出来ないかと……」

「お前は断ったのか……」

「いえ……」

　或る媚態《びたい》が、およねの体から滲《にじ》み出ていた。

　四十近い女が色っぽい顔をして、さしうつむいている。

　源三郎が訊ねた。

「お前と清治郎は、どこで話をしたんだ。この家の中か……」

「そうじゃありません。家には女中がいますし、あたしは裏庭から出て、二人で歩きながら話をしました」

　夜であった。

　二十年ぶりに再会した男と女は、若い頃に戻ったようなときめきで、暗い道を寄り添って歩いたに違いない。

「およね」

　少し、きびしい調子で源三郎がいった。

「お前が、清治郎を殺したのでないなら、あの夜のことを、こと細かに話せ、さもないと、お前は清治郎殺しの下手人になるぞ」

「あたしは殺していません。清治郎は自分で死んだんです」

「では、どうして……」

「わかりません」

ふらりと立った。

力のない足どりで道を歩き出す。

七日の夜、清治郎と歩いた道だと、東吾も源三郎も気がついた。

橋を渡って、宗林寺のほうへ行く途中が、蛍沢であった。

昼間のことで、蛍はみえない。

「この辺で、話をしたんです。今までのことや、これからのこと……あたしも、最初はあの人について行ってもいいと思ったんです。なつかしくて……なんといっても、最初に好きになった人ですから……」

東吾がいった。

「気が変ったのか」

およねが頭を下げた。

「ええ」

「どこで気が変った。この蛍沢でか……」

ちらと、およねが東吾をみて首筋まで赤くなった。

「そうです」

「清治郎の申し出を断ったのだな」

「ええ」

「清治郎はどうした」

「出刃庖丁を出して、いうことをきかなければ殺すといいました。あたしを殺して、自分も死ぬと……」

「お前は逃げたのか」

「はい……その先にお寺があるのは知っていましたから、そこへ逃げ込めば助かると思って……」

「清治郎は追って来なかったのだな」

「はい……後ですごい声がしたきりで……」

およねは逃げて、結局、家へ戻った。

「怖くて、二度と蛍沢へは行きませんでしたけれど……」

「お前が逃げるのをみて、清治郎は出刃庖丁を胸に突き立てたのか」

「みたわけじゃありません。でも……そうだと思いました」

蛍沢を恐怖の目で見廻した。

「あたし、殺していません。お役人様、どうか、お助け下さいまし」

あとは身を揉《も》むようにして泣き出した。

およねを、家まで送って、東吾と源三郎は舟へひき返した。

「どう思います」

源三郎が聞き、東吾が腕を組んだまま、答えた。

「多分、およねのいった通りだろう」

「そうですかね」

嘘をついていたようには思えなかったが、今一つ、すっきりしないらしい。

大川端で東吾は源三郎と別れて「かわせみ」へ行った。

るいは早めに風呂へ入ったらしく、まだ、湯ぼてりの残っている体に透綾《すきあや》の着物をゆったりと着ているのが、ひどくなまめかしい。

「るいに聞いてみようと思って、やって来たんだ」

たった今、およねから聞いた七日の夜の話をした。

「およねは、一度は清治郎とよりを戻す気になった。それが、蛍沢で気が変ったのは、なんのせいだと思う」

「御存じのくせに……」

るいが赤くなって笑った。

「なんだ」

「そこで、お二人はむかしの仲に戻ったのでしょう」

「当然だろうな」

二十年ぶりの男女は、まず言葉よりも体でおたがいをたしかめ合うだろう。

「それで、心が醒《さ》めるということはございませんか」

「俺も、そう思う」

どちらも若くはなかった。

一時的な情熱が燃え尽きれば、あとはしらじらとした現実が戻ってくる。

「抱かれてみて、やっぱり今の旦那のほうがいいと思ったのか」

「それよりも、女はその日その日のことを大事に考えましょう」

肉欲が果てれば、あとは料理屋の内儀か、百姓の女房かの選択だけであった。

「それで女は逃げる。男は絶望して出刃庖丁を胸に突き立てるか……」

その男の気持は、東吾にもわかった。

女は自分よりも、現在の亭主をえらんだのであった。しかも、二十年ぶりに抱き合ったあとである。男として、これ以上の屈辱はあるまい。

「男も女も、あんまり過ぎると、死にたくなるっていうそうだからな」

東吾が大きく笑いとばし、るいが、よりそって酒の酌をした。

巴屋のおよねが、蛍沢で水死したという知らせが来たのは、その月のなかばであった。

「蛍でも追いかけている中に、ずるずる深みに、はまって、ころびでもしたんでしょうか。あの沢は大人の胸ぐらいの深さですから、立っている分には溺《おぼ》れることはありませんよ。およねさんはころんだ拍子に水草に足をとられて起き上れなくなって溺れ死んだのではないかと、検屍の医者がいっていました」

実際、およねの足には水草が何重にもからみついていたという。

「それにしても、なんだって蛍沢なんぞへ行ったんでしょうね。蛍はきらいだといっていたお内儀さんが……」

知らせに来た彦六が不思議そうにいった。

「多分、怨霊《おんりょう》ですよ」

彦六が帰ってから、お吉がいい出した。

「清治郎さんの怨霊が、呼びよせたんです」

「そういえば、蛍の光ってのも、人魂《ひとだま》に似ていないこともないからな」

庭先をすっと淡い光芒《こうぼう》がかすめて、るいが悲鳴を上げた。

「おい、珍しく、大川端に蛍だぜ」

東吾がいい、立ち上って暗い庭をのぞいた。

蛍は、どこにもみえず、かわりに小さく虫が啼いていた。

金魚《きんぎょ》の怪《かい》

一

梅雨がすっかり上った江戸は、連日、気温が鰻上《うなぎのぼ》りで、ぎらぎら照りつける太陽の下、大川の水まで干上ってしまいそうな暑さが続いていた。

この季節、「かわせみ」も比較的、客が少いので、お吉は若い女中たちに指図して客布団をほどいて、綿は打ち直しに出し、布団側《がわ》は洗い張りと手仕事に余念がない。

で、るいも客用の丹前の手入れで、朝から針を運んでいると、大川を下って来る葛西《かさい》舟《ぶね》の売り声が、庭のむこうから聞えてくる。

野菜の豊かな時なので、日に二度、三度とやってくるもので、その声を聞きつけたらしいお吉が、ばたばたと走って裏のくぐり戸から土手へ出て行った。

で、るいも針仕事を片寄せて庭下駄を履いたのは、今夜あたり、ふらりと訪ねてくれそうな東吾のために、好物のまくわ瓜でも買っておきたいと思ったためである。

一度、土手へ上って大川端に築いた石垣のむこう側についている石段を下りて行くと舟寄せの小さな桟橋に葛西舟が停っていて、お吉が大きな竹籠に茄子《なす》だの胡瓜だの、大根だのを入れている。

舟の上の積荷は豊富であった。

束ねた枝豆があり、籠《かご》一杯のいんげんがある。南瓜《かぼちゃ》の横には西瓜やまくわ瓜がごろごろしている。

「かわせみ」からは、お吉の外に女中や板場の若い衆も出て来て、重い野菜の籠を運んで行く。

そこへ川上からもう一艘《そう》、葛西舟が来た。

「お嬢さん、金魚ですよ」

お吉が、はずんだ声で告げた。

これは、夏ならではの売り舟であった。

舟の小柱に風鈴や釣り忍をいくつも吊し、その下の板で囲った水槽に、さまざまの種類の金魚や鮒《ふな》や目高を入れている。

「如何《いかが》ですか、お安くしておきますよ」

金魚舟が寄って来て、つい、るいは買う気になった。

やや大きく育った上等の和金を五匹ばかり撰んでいる中《うち》に、お吉が家へギヤマンの金魚鉢を取りに行って、それに、金魚屋が水を入れ、藻を浮べて金魚を放してくれた。

「きれいですねえ」

金魚鉢を受け取って、お吉は感心していたが、るいは、少しばかり後悔していた。生き物を飼わないのは、それが死んだ時がつらいからといつもいっているのに、金魚だけは、なんとなく夏の景物のように思って買ってしまう。

お吉と一緒に土手を下りて来ると、嘉助が迎えに来た。

「若先生がおみえでございますよ」

その東吾は珍しく紺地の細かい格子縞の麻の着流しで、大小はやや落しざし、少し陽に焼けて精悍《せいかん》な感じなのが、るいの目には、惚れ惚れする男ぶりにみえる。

「金魚なんぞ、買ったのか」

お吉の持った金魚鉢をのぞいて笑った。

「むかしっから、変らないな」

裏木戸から入って庭を抜け、るいの居間の縁側へ廻る。

「東吾様だって、よく縁日で金魚釣りをなすったじゃありませんか」

和金の駄物を水槽に入れて、細い棒の先に観世よりで釣り針をつけておいて、それで金魚をひっかけさせる。観世よりは紙だから、水に濡れると忽《たちま》ち切れて、滅多に釣れる筈《はず》はないのに、子供達は金魚欲しさに、小銭をもっては水槽の前にしゃがみ込む。

「そういえば、るいは金魚釣りは嫌いだったな」

「かわいそうですよ。あんなとがった針で、追いかけ追い廻すなんて……」

「金魚の墓を作ったじゃないか、俺が釣って来た金魚が死んじまって……」

縁側のすみにおいた金魚鉢を眺めながら、そんな話をしているところへ、お吉が麦湯と白玉を運んで来た。

「まくわ瓜は、もうちょっと井戸で冷やしてから、お切りしますから……」

部屋のすみに片付けてあった仕立物を急いで、むこうへ持って行った。

白玉を食べ、麦湯を飲んで、東吾はるいの世間話を聞きながら、陶枕に頭をのせてうとうとしていた。るいが送ってくれる団扇《うちわ》の風が快い。

本来なら、このまま穏やかな二人だけの夜が訪れるところだったのに、やがて、夕風と一緒に、

「東吾さんは、こちらですか」

麻の紋付の背中にまで、ぐっしょりと汗じみの出た恰好《かっこう》で、畝源三郎が「かわせみ」にやって来た。

「ちょっと、奇妙な事件がありまして……」

東吾のほうはひとねむりして、さわやかな顔であった。

「源さん、一風呂浴びて来い、一緒に一杯やろうじゃないか」

彼の顔色からして、すぐに飛び出すというような話ではないと承知している。

「では、お言葉に甘えまして……」

もともと、そのつもりでやって来たらしい源三郎が汗と埃を流して、東吾の浴衣《ゆかた》を着せてもらって戻ってくると、東吾はもう盃を持って待っていた。

膳の上には、枝豆の青々と茹で上ったのと、豆腐のあげだし、茄子のしぎやきと、さっぱりした手料理が並んでいて、源三郎が相好《そうごう》を崩した。

「東吾さんは羨ましいですな、昼日中《ひるひなか》から、おるいさんの膝枕で、目がさめれば、酒よし、肴《さかな》よし……よく、天罰が当らないものです」

「口惜しかったら、源さんも早くいい女をみつけることさ。まごまごしてると、爺さんになっちまうぜ」

女嫌いでもなかろうに、なんで女に縁がないのだろうと、東吾が堅物の友人を嬲《なぶ》りはじめ、源三郎が大きく手をふって遮《さえぎ》った。

「いや、世の中、女に惚れるとろくなことがありません。実際、惚れた女にいいところをみせようとして、金魚を食って死んだ奴がいます……」

「どなたが、金魚を召し上ったんです」

たまたま、鮎の焼いたのを運んで来たお吉が、素頓狂な声を出した。

「巣鴨仲町に一橋家お抱え医者で水野玄英と申す医者が居ります」

こうなると、源三郎の独壇場で、どうやら、今日の用件というのも、そのあたりらしいと、東吾はさりげなく盃をおいた。

「玄英は今年、還暦で、妻女の牧野というのが五十二歳、むかし、御殿奉公をしていたことがあるそうで、奉公人の話によると、相当に口やかましい婆さんだそうですが、この頃、金魚に凝っているとかでして……」

ふと、るいが縁側の金魚鉢をみた。そこには昼間買ったばかりの和金が日の暮れと共に泳ぐのをやめてじっとしている。

「驚いたな、この節、金魚を食うのが、はやってるのか」

東吾が、まぜっかえし、源三郎が苦笑した。

「話は、終りまで聞いて下さい」

「医者の女房は、どんな金魚を飼っているんだ。一橋様のお抱え医者なら、金はふんだんにあろうから、こんなけちな和金じゃあるまい。定めし、頭の上に瘤《こぶ》のついた蘭鋳《らんちゆう》とか、朱文金《しゆぶんきん》とか、べらぼうな奴だろう」

「流石《さすが》に、東吾さんはくわしいですな」

源三郎は、柄にもなくお世辞をいって、お吉に酌をしてもらった。

「蘭鋳だの、水泡眼《すいほうがん》だのというのも高価な金魚のようですが、水野玄英の妻女が飼っているのは、そのまた上の……頂天眼《ちようてんがん》とかいうのだそうです。手前も、今日、はじめてみせてもらいましたが、眼玉が上の方についていて、おまけに背ビレがありません。色は、赤、白と黄金色ですが、大層、珍しい種類だということでした」

「その金魚に、毒があるんですか」

たまりかねて、口を出したのはお吉で、源三郎が待っていたように、にやりと笑った。

「毒のある金魚を猫が獲《と》りますかね」

「食べて死んだのは、猫なんですか」

「いや、猫は幸いにして食いませんでした。爪にひっかけて、金魚鉢からつまみ出したところを人間様にみつかって、食わずに逃げたんです」

まあまあ、と三人を制しておいて、源三郎は最初から、話をし直した。

「玄英の妻女が愛玩している頂天眼という金魚の鉢には金網の蓋がかけてあるんです。つまりは、猫よけなんですが、餌をやる時や、三日に一度、水を取りかえる時には当然、その蓋は、はずします。その金魚の世話をしていたのがお菊という女中でして……」

昨日の昼、いつものように水を換えて、

「あまり暑いので、ぼうっとしていたのかも知れません。金網の蓋を閉めたつもりが、しっかりと閉まっていなかった。そこで、野良猫が忍び込んで頂天眼の一匹を獲ったわけです」

物音に気づいて、お菊がかけつけ、猫は追い払ったものの、頂天眼はすでに死んでいて、大さわぎになった。

「さぞかし、婆さん、怒ったんだろうな」

東吾が苦笑した。

若い時分に御殿奉公をしていて、万事に口やかましく、気が強いと源三郎が話した女であった。

「まさか、その女中、いびり殺されやしまいな」

「いびり殺されまじきところへ、助け舟が出たのです」

「誰だ」

「玄英の一人息子で捨次郎というのですが」

「お菊と恋仲か」

「残念ながら、芝居の筋のようには行きません、もっとも、捨次郎のほうは、なにかにつけて、お菊にいい寄っていたらしいのですが、これが、ちょっと出来そこないで……」

生れる時に、母親が難産で、そのせいか智恵も、体も子供並みだといった。

「おまけに、母親が甘やかして育てたので、手のつけられない暴れ者になりまして、今では、父親の玄英も、ほとほと手を焼いて居ります」

「そいつが金魚を食って死んだのか」

なんとなく、不謹慎に東吾が笑い出した。

「家の者の話ですと、こんな金魚一匹で大さわぎをするなら、俺が食ってやると申して、頂天眼をぶつ切りにして、酒で丸のみにしたそうです」

るいが小さく悲鳴を上げて耳を押えた。お吉も吐きそうな顔をしている。

「そいつは勇ましいな」

「ですが、その晩から腹痛をおこして、父親の玄英が、さまざまの手当をしたのですが、夜あけに血を吐いて死にました」

とうとう、るいとお吉が部屋から逃げ出して、かわりに、嘉助が酒を持って来た。

「どうも、変ったお話のようで……」

早速、お吉がいいつけたものらしい。

「これだから、源さんは女にもてねえんだよ。飯の時に、金魚をぶっ殺して食った話なんぞしたら、大抵の女は色気がふっとんじまうぜ」

嘉助が源三郎の盃に酒を注いだ。

「金魚にも、河豚《ふぐ》のように毒のあるものがございますのでしょうか」

源三郎が旨そうに酒を飲み、その盃を嘉助に持たせて酌をした。

「実は、それで葛西のほうの金魚屋といいますか、珍しい金魚を飼い育てて居る江本屋文左衛門と申す者のところへ参って訊《たず》ねて来たのですが、あいにく主人が留守でして……しかし、そこの奉公人の話では、金魚を食った者など、前代未聞ということで」

「面白いな」

東吾が縁側の金魚鉢を眺めながら、屈託のない調子でいった。

「源さん、明日にでも、葛西まで金魚釣りに出かけようじゃないか」

二

翌日も暑かった。

早朝に、畝源三郎が迎えに来て、「かわせみ」の女たちの冷たい視線にもめげず、東吾をひっぱり出して大川端から舟に乗った。

猪牙には、深川の長助とその若い衆が待っている。

「お気をつけて……」

それでも送って来たるいが、握り飯や煮物の入った重箱を長助に渡し、出て行く舟へ手をふった。

朝が早いのと、川風があるので、舟の上はまあ涼しい。握り飯で腹ごしらえをしている中に、陽が高く上った。

対岸の屋根に陽が反射して、うっかり眺めていると眼が痛くなっている。

「暑い日が続きませんことには、米の出来が悪くなりますから、暑い、暑いと苦情をいってはお天道様に罰が当りますが……」

ぼつぼつ、秋風が立ってもいい時分だと、長助は大川のむこうの入道雲を仰いで愚痴をいっている。

猪牙は大川から小名木川《おなぎがわ》へ入って本所深川を突っ切ると荒川へ出る。

源三郎も長助も、昨日、来ているだけに迷いもしないで、小松川を行くと、間もなく船頭が岸へ着けた。

江本屋文左衛門の家はその近くで、庭に川の流れをひいて、その水でさまざまの金魚の飼育をしているらしい。

みたところ、大きな池に飼われているのは和金と琉金で、値の高いものは、別の水槽に各々、分けてあって、こちらは井戸水を使っている。

「昨日は留守にして居りまして、まことに申しわけございません」

源三郎の姿をみると、奉公人が告げに行ったらしく、すぐに主人の文左衛門が出て来た。

木綿の筒袖の下は短い股引姿であった。

「この界隈《かいわい》で、頂天眼と申す金魚を飼っているのは、其方《そのほう》の所だけか」

訊《き》かれて、文左衛門は、かぶりを振った。

「いえ、この先の一之江と申す所にも一軒ございますし、他にも少々……ただ、頂天眼と水泡眼は、手前共が力を入れて居りまして、江戸の金魚屋へ出して居ります大方は、手前共のものではないかと存じます」

「上野池之端の清水屋と申す店は、どうか」

「清水屋さんでございましたら、間違いなく、手前共がおさめた頂天眼を扱って居ります筈で……」

金魚の仲買商であった。

「その清水屋から頂天眼を買い求めた家で変死が出たのだが……」

捨次郎という男が、猫の爪にかかった頂天眼一匹を酒と共に飲んだところ、腹痛を起して死亡した話をすると、文左衛門は開いた口がふさがらないという顔をした。

「手前も長らく商売を致して居りますが、およそ金魚を食べるなぞとは聞いたこともございません」

「頂天眼に、河豚のような毒があると思うか」

「とんでもない。手前共で以前、野良猫に頂天眼をやられたことがございますが、食った猫はけろりとして居りました。猫が大丈夫なのに人間が死ぬわけがございますまい」

「そりゃあそうだな」

傍にいた東吾が破顔した。

「ここの金魚は、よく猫にやられるのかい」

「はい、気をつけて居りますが、猫と申すものは存外、智恵も力もございますので……」

空からは鳥に金魚を盗まれることもあるといった。

「その他、水の換え方、餌のやり方でも、あっけなく死んでしまいます。殊《こと》に高価なものほど弱うございまして……」

素人眼にはぶくぶく肥ったとしか思えない蘭鋳だの、奇妙な恰好の水泡眼や頂天眼、獅子頭などという変種珍種をのぞいてから、源三郎と東吾は江本屋を出た。

来たばかりの水路を戻って、荒川、小名木川、大川へと出る。

「ついでに、池之端の清水屋へ行ってみるか」

東吾がいい出して、大川を上り、広小路に近いあたりで陸へおりて、池之端へ出た。

一膳飯屋で遅い午飯《ひるめし》をとってから、清水屋へ行く。

清水屋の主人は困惑し切っていた。

「金魚を食べて、人様が死ぬわけがございません。以前、手前共で働いていた、少々、智恵の足らない者が、さぞかし旨いとでも思ったのでございましょうか、金魚を焼いて食ってしまったことがございましたが、なんともございませんで……味のほうは決して旨いというものではなく……大体、金魚を食うためにお買いになる方はありますまい」

水野玄英の家の頂天眼は清水屋が本葛西の江本屋から仕入れて売ったものだが、

「全く、どうも、とんでもないことをなさったものでございます」

と青筋を立てている。

「ここまで来たんだ。どうでのことに、白山下へ廻ってみようか」

陽はやや西へ傾いたが、夏のことで暮れるには、まだ間があった。

上野から巣鴨へ、決して近くはない道を、東吾と源三郎、それに長助が供をして白山下に着いた時は汗と埃で惨憺《さんたん》たる有様だった。が、なによりも驚いたのは、水野玄英の家の前に人だかりがしていたことである。

「捨次郎の通夜にしては様子がおかしいな」

東吾が呟いて、早速、走って行った長助が、この辺りを縄張りにしているお手先の仙次というのを伴って来た。無論、畝源三郎とは顔なじみである。

「女中のお菊って娘が、井戸にとび込んじまったんです」

流石に眼が血走っている。

「先程、岡部の旦那がお出で下さって、御検屍《けんし》を終えてお帰りになりましたんですが……」

岡部吉五郎は、畝源三郎と同じ定廻《じようまわ》り同心であった。

「なんで、又、女中が井戸になんぞとび込んだんだ」

源三郎が訊き、仙次が眉をしかめた。

「そいつが……一昨日《おとつい》のことで奥様から、だいぶ、責めさいなまれたって話で……」

金魚を食って死んだ拾次郎の母親が、悲しみの余り、女中に当り散らし、若い女が思いつめたあげくのことだと、仙次はいう。

「お菊って女中は、ここの御用人さんの娘だそうですが、まあ、昨日に続いて今日ですから、家の中はてんやわんやでさあ」

「仙次……」

東吾が呼んだ。

「その御用人ってのに、ちょいと話が聞けねえか」

表玄関は固く閉《とざ》しているので、ともかくも裏口から内へ入り、仙次が用人を呼びに行った間に、東吾は台所口からさして遠くもない所の井戸に近づいた。

そのあたり一面に人のふみ荒した跡がある。

「とび込んだってのは、この井戸のようでございますね」

気味悪そうに長助が井戸端を見廻しているところへ、仙次が水野家の用人をつれて来た。

男にしては、やや小柄な男であった。年齢は五十いくつか、突然、娘を失った衝撃の深さが、こわばった表情に滲み出ている。

「御用人の小畑万蔵さんで……」

仙次がひき合せ、小畑が不審そうに源三郎をみた。

「お調べなら、先程、なにもかも申し上げましたが……」

源三郎が汗を拭きながら、答えた。

「それは承知して居る。ただ、御当家は一橋様御抱え医者、万が一にも手落ちがあってはならぬとの上役よりのお達しにて、今一度、念のためにお訊ね申す故、御面倒でもあろうが、お答え下さい」

用人は納得して、井戸からやや離れた場所に、うなだれて立った。

「御娘御が井戸に身を投げたというのは、何刻頃のことでござるか」

やや、改まって源三郎が訊いたのに対して、小畑は唇を慄《ふる》わせた。

「それが、よくわかりませず……娘はあれから殆《ほとん》ど寝て居らず、今朝も沈み込んで居りましたので、手前も気にかけてはいたものの、何分、本日は捨次郎様の通夜でもあり、その仕度にいそがしくして居りまして……」

娘の姿がみえないのに気がついたのは午の食事の時で、下女に訊いてみると井戸端で洗い物をしているという。

「それで、手前がここまで参りましたが、娘の姿はなく、娘の下駄だけが井戸端にございました。よもやと思いながら井戸の中をのぞいてみましたが暗くてよくわかりませず、そこへ良太郎どのが来ましたので、二人で釣瓶《つるべ》を下してみますと手ごたえがございました」

町内の若い衆がかけつけて来て、井戸の内側に縄梯子を下し、苦労してお菊の体をひき上げたのだが、

「その時は、もう、息が絶えて居りました」

「娘御は昨夜もねむらず、今朝から気落ちしていたというが、それは、一昨日の金魚の一件のためか」

小畑万蔵が手拭を目に当てた。

「左様でございます。奥様は娘が金魚鉢の金網をしかと閉めなかったのが、ことの起りといたく御立腹で、捨次郎様を殺したのは、お菊だと、それはもう激しいお叱りで……たしかにそういわれれば娘の粗相に違いございません。けれども、金魚はともかく、捨次郎様が歿《なくな》られたことまで、娘のせいにされては、娘の立つ瀬がございません。あの子は気の小さな娘で……思いつめたのでございましょうが……なにも……そこまで……」

こらえ切れずに泣き出した用人の痩せた肩を眺めて源三郎も東吾も暗然とした。

「ところで、今一つだけ訊かせてくれ」

東吾が口をはさんだ。

「捨次郎は、金魚を自分で食ったのか」

「はい、間違いはございません。頂天眼の一匹を台所へお持ちになり、庖丁でぶつ切りにして、いきなり、お酒と共に召し上ってしまったので、それは手前も奉公人どももみて居りました」

「誰も、とめなかったのか」

「とめるひまもございませんでした、あれよ、あれよ、という中のことで……」

「捨次郎は金魚を食って、すぐに苦しみ出したのか」

「小半刻もしてからでございます。御当人も流石に気味が悪かったのか、毒消しをくれとおっしゃいまして……旦那様が馬鹿なことをする奴だとお叱りになり、お薬をお渡しになりました。手前もよく存じて居ります食当りなぞに用いるもので……捨次郎様はそのあとも御酒をお飲みになって居られましたが、その中に腹が痛いとおっしゃいまして……何度か厠《かわや》へお立ちになり、いよいよ具合が悪い御様子なので、旦那様がいろいろ御介抱なすったのでございますが、遂にあのようなことになってしまいまして……」

「捨次郎は、お菊に惚れていたというのは本当か」

用人の表情に怒りが浮んでいた。

「娘を、こちらに奉公させるのではございませんでした。母親を早くになくしまして、それ故、手前の傍を離したくなく、親子共々、御奉公申したのが、間違いでございました」

人並みでない相手であった。おまけに我儘《わがまま》で乱暴者というのでは、若い女が寄りつく筈がない。

「正気の沙汰ではございません。金魚を食べるなどとは……」

馬鹿な男の馬鹿げた行為のために、大切な娘を死なせた親の心は、もはや主人を主人と思わないようであった。

「手前は、今夜の中にお暇を頂くつもりで居ります」

手伝いに来ている若い医者が、用人を呼びに来て、小畑万蔵は悄然《しょうぜん》と屋敷のほうへ去った。

翌日、東吾は兄に呼ばれて居間へ行った。

非番の日ということもあって、少々、くつろいだ様子の神林通之進は文机《ふづくえ》の上に、なにか広げて読んでいたが、入って来た弟をみて、軽く指先で瞼の上を揉むようにした。

「水野玄英と申す医者の家の不祥事は聞いて居るか」

東吾は開け放した障子のむこうをみた。

兄嫁の香苗の姿はみえない。

「その話は、義姉上にはけなさらぬほうがよろしいかと存じます」

「金魚を食って死んだ話か」

「金魚屋が申して居りました。金魚を食って死んでいたら、猫はいくつ命があっても足らぬそうで……」

「水野家では女中が責めを負うて自殺したそうじゃな」

廊下を衣ずれの音が近づいて来て、通之進が早口になった。

「八丁堀の高橋宗益《そうえき》どのは、水野家と昵懇《じっこん》じゃ、水野家の家内の事情などお訊ねしてみるとよい」

「承知しました」

香苗がまくわ瓜の切ったのを、瀬戸の鉢に盛って運んで来た。

「よく冷えて居りますの、暑気払いに召し上りませんか」

三

八丁堀に屋敷のある高橋宗益は名医として知られていた。

将軍家の御典医として出仕する身分だが、屋敷にいる時は侍であれ、町人であれ、身分の上下にかかわらず、患者を診《み》る。薬料にしても、金のある者からは取るが、ない者はある時払いでよいといったふうで、その人柄と医者としての腕を慕って、門弟になる者が多い。

東吾と源三郎が訪ねて行った時も、そうした医学生が患者の応対をしたり、治療を手伝ったり、いそがしく立ち働いていた。

待つこと暫し、高橋宗益は木綿物の筒袖にくくり袴《ばかま》といった恰好で、気軽くやって来た。

「ほう、二人共、暫く見ぬ中に、よい若者になったな」

のっけから大声でいわれて、東吾も源三郎も出鼻をくじかれた。なにしろ、子供の時に風邪だの、腹痛だので二度や三度は厄介になっているだけに、この老人には頭が上らない感じである。

「恐縮ですが、水野玄英どのの件について、少々、うけたまわりたく……」

鹿爪らしく、東吾が切り出すと、老人は渋茶を飲みながら眉をよせた。

「金魚を食って死んだ話なら、わしは知らん。なにせ、病人をみたわけではないから、なんともいいようがない」

「手前がお訊ねしたいのは、水野玄英どののことでございます。あちらは一橋家のお抱えですが、一橋家へ推挙されたのは、どなたでしょうか」

老人が今度は鼻の上に皺《しわ》を寄せた。

「それは、御典医の工藤玄秀どのだ。先年、歿られたが……」

東吾が苦笑した。

「工藤どのは、手前が洩れ聞く限り、あまり評判のいい御仁《ごじん》ではありませんでしたが……」

金に汚く、女癖が悪いという噂であった。

「あちらは、大名家にもお出入りをしていたとか……」

「そのようだな」

小首をかしげるようにした。

「そのことと、金魚の一件と、なにか、かかわりがあるのか」

「それは、まだ、わかりかねますが……」

襖《ふすま》が開いて若い医者が入って来た。その顔に、東吾も源三郎も見憶えがあった。

昨日、水野家の井戸端へ、用人を呼びに来た男である。

「良太郎と申して、わたしの門弟だが、腕のよいのを見込まれて、今年から水野玄英どのへ時折、手伝いに行って居る」

良太郎と呼ばれた若い男が、丁寧に挨拶をした。

「水野どののほうは如何いたした」

と高橋老人が訊く。

「はい、やはりあのようなことがあっては、暫く患家を診るわけに行かないと申されまして、夏の中は門を閉じて謹慎されるとのことで、手前は許しを得て、先生のところへ戻って参りました」

「左様か、水野どのもお気の毒なことじゃ」

新しい患者が来たのをきっかけに、東吾と源三郎は老人に礼を述べて、高橋邸を出た。

「どうも金魚がたたりますなあ」

歩きながら、源三郎が呟いた。

神林通之進が高橋老人を訪ねて、水野家について訊けと指示したのは、先日の金魚にまつわる一件に、なにか疑わしい点があるからに違いないし、東吾にしても、源三郎にしても、捨次郎の死はおかしいとは思うものの、手がかりはまるでない。

「仮に、捨次郎が殺されたとして、誰が捨次郎を殺す」

金魚を食べてみせたのは彼自身だし、腹痛を起してからの介抱は両親であった。

「これが、お菊が先に死んでいると、用人を疑うことも出来ますが……」

「用人は、捨次郎に娘がいい寄られていたのを不快に思っていたらしいが……」

「殺すほどのことはありますまい。よほどの時は、娘を伴って水野家から暇をとればよいのですから……」

その通りであった。

捨次郎はお菊にいいよりはしたものの、手ごめにしたわけではなかった。それほど行動力のある男でもなさそうだし、用人が常に娘を守っている。

「どうも、わからんな」

とにかく、兄のいいつけ通り、水野玄英について徹底的に調べてみようというのが、東吾の提案であった。

「一橋家のお抱えになったのは、御典医の工藤玄秀どのの推挙だろうが、それは、いつ頃のことなのか、玄英の妻女は御殿奉公をしていた女だそうだが、それはどこの大名家なのか、何故、水野玄英と夫婦になったのか、そのあたりに、なにかあるかも知れない」

源三郎と別れてから、東吾は本所の麻生《あそう》家へ行った。

兄嫁の実家に当る麻生家は、当主の源右衛門《げんえもん》が西丸御留守居役をつとめている。ひょっとして、むかしむかしの水野玄英について知る者に心当りがあるかも知れなかった。

源右衛門は留守だったが、娘の七重《ななえ》が東吾の話を聞いてくれた。

「父が戻りましたら、早速、訊ねてみます。なにか、お役に立つことがございましたら、七重がお知らせに参ります」

いそいそと七重がひき受けてくれて、東吾は本所からの帰り道、大川端の「かわせみ」を横目にみながら、寄らずに八丁堀へ帰った。

麻生源右衛門が、七重の聟《むこ》に東吾をのぞんでいることは、るいも知っている。

それだけに、七重を訪ねたあとに、るいの許へ行くのは、なにがなしに、七重にも、るいにもすまないような気持の東吾であった。

次の日、東吾は狸穴《まみあな》の方月館の稽古のために、八丁堀を発った。

月に十日ほど、松浦方斎《まつうらほうさい》の代稽古で、狸穴の方月館に滞在する。

狸穴のあたりは流石に田舎で、尾花はもう穂がのびていた。

昼は江戸の町と同じような暑さだが、夜は風が快い。

夜空には白く天の川がかかり、星の輝きも鮮やかであった。

方月館の庭の池には金魚のかわりに、鮒や目高が泳いでいる。ここの家の切りもりをしているおとせの息子の正吉が近くの小川ですくって来たものであった。

十日の稽古が終って、東吾が江戸へ戻ってくると、

「水野玄英の妻女が病死しました」

畝源三郎が待っていた。

「手前が知ったのは、今朝ですが、死んだのは昨日のようです」

草鞋《わらじ》を脱ぐひまもなく、東吾は源三郎と巣鴨仲町へ行ってみた。

門の前には喪中の札が出ている。

仙次の家は煙草屋で、店は両親がやっている。

東吾と源三郎が訪ねると、人のよさそうな母親が冷たい西瓜を切ったり、蚊やりを焚いたりと、もてなしてくれた。

水野玄英の妻、牧野については、もっぱらお菊の怨霊《おんりょう》がとりついて殺したという世間の評判だといった。

「なにしろ、奉公人の話ですと、お菊が死んだ翌日から食が進まなくなって、寝たり起きたりで、御亭主がお医者ですから、いろいろと薬を調合して飲ませたが、まるっきり効き目がない。そりゃそうでしょう。お菊のたたりなんですから、薬で治るわけはありませんや」

ものは食べられない、あげくは水も咽喉《のど》を通らなくなって、

「お菊や捨次郎が化けて出る夢をみるんだそうですよ。それが怖くて、夜もねむれねえってさわぎでさあ。気味が悪いんで、奉公人も一人二人と暇《てい》をとるし、御用人さんはとっくにお屋敷を出ちまったし、もう、さんざんの体たらくでございます」

と仙次は顔をしかめている。

「これも噂ですが、玄英さんは一橋家のほうへお暇を願ったそうで、そりゃそうでしょう。医者が息子も女房も治せなかったんですから、お大名のお脈が取れるわけがございませんや」

町内の連中も、今まで水野玄英に診てもらっていた患家がいっせいにそっぽをむいて、他の医者の門を叩くようになってしまったらしい。

「たたりですよ。これは、もう、お菊さんのたたりって奴で……」

その仙次から、東吾は水野家の用人、小畑万蔵の住いを教えてもらった。

なんと、万蔵は雑司ヶ谷で灸療治をして細々と暮していた。

彼の療治を受けにくるのは、百姓の爺さん婆さんばかりのようである。

「せめて、人様のお役に立つことが、娘への供養になるかと存じまして……」

僅かの間に十年も年をとったようにみえる万蔵の本当の年は五十五歳だという。

水野家へ奉公したのは十五の時からで、最初は医者になるつもりで、その修業もしたらしい。

「今の旦那様の御先代に、いろいろ教えて頂きました」

「そうすると、玄英の若い頃からを知っているな」

玄英が一橋家のお抱えになったのは、いつ頃だという東吾の問いに、万蔵はすぐ答えた。

「捨次郎様が二十八ですから、ちょうど二十八年前でございます」

「玄英が妻帯したのは……」

「二十八年前で……」

ふっと東吾が笑った。

「あんたも医者の修業をしたことがあるというのに、荒っぽいことをいうじゃないか。二十八年前に夫婦になったのなら、その息子は二十七の筈だ」

万蔵がお辞儀をした。

「いえ、私の申すことに間違いはございません。奥様は臨月に近い体で、旦那様の許に来られたのでございます」

「すると、腹の子の父親は誰だ」

「存じません、それだけは旦那様もおっしゃらず……ですが、旦那様のお子でないことだけは確かでございます」

「玄英の女房の里方はどこだ」

「工藤玄秀様でございます。知り合いの娘さんということで、工藤様が親代りで……」

「玄英に女はいなかったのか」

二十八年前に女房をもらったとすると、玄英は三十二歳であった。

「それはございました」

日本橋の薬種問屋に奉公していた娘で、名はおとよ、玄英のところへ註文の薬種を届

けに来る中にいい仲になったのだが、

「工藤様のおとりもちで、牧野様を嫁になさると決って、金をやって縁を切ったときいて居ります」

その後の消息は知らないといった。

「どうだい、源さん、いろんなことがわかって来たじゃないか」

雑司ヶ谷から大川端へ戻って来て、二人とも風呂を浴びて、いつもの通り、るいの部屋で一杯やりながら、東吾がいった。

「まず玄英が工藤の推挙で一橋家のお抱えになったのが、二十八年前、その同じ年に玄英は工藤のとりもちで、腹のでかい女と夫婦になっている」

つまり、一橋家のお抱えに推挙してもらったのとひきかえに、みごもっている女を押しつけられて女房にしたといえないこともない。

「捨次郎っていうのは、玄英の実子ではなかったわけですな」

となると、出来の悪い息子と、押しつけられた女房に、玄英がどんな気持を持っていたことか。

「玄英には、おとよという好きな女がいたのですから、牧野に惚れて一緒になったとは思えません」

どこの男の子にせよ、自分のではない子供を懐胎している女であった。しかも、御殿奉公をしていたこと、里方が工藤玄秀ということで、尊大に、ふんぞりかえっていた女房である。

「俺達は今まで、玄英が捨次郎や牧野の治療をしたことで、亭主が女房や我が子を殺す筈はないと考えていた。しかし、玄英が二人を憎んでいたとしたら、話は別だ」

医者であれば、良薬の知識もある代りに、毒薬にもくわしい。

「玄英の匙《さじ》加減で、捨次郎も牧野も、どうにでもなるぜ」

医者の家で、どちらも病死だから、役人の検屍もない。

「殺したんでしょうか、玄英って人が……」

お吉が訊き、東吾が腕を組んだ。

「殺す理由がないんだ」

ただ、憎んでいたから殺すというのは無理だと東吾はいった。

「二人に死なれたおかげで、玄英は一橋家のお抱えを辞退した。患家をみんな失《な》くしちまったんだ。医者として、それほど大きな代償を払うのを承知で二人を殺すだろうか」

「手前も、そう思います」

源三郎もうなずいた。

「玄英は二十八年間も気に入らない女房と、その倅《せがれ》を、ともかくも女房子としてやって来たわけです。よくよくの理由がないと……」

「奥様の後楯の工藤様が歿ったからじゃありませんか」

るいがいった。

たしかに、工藤玄秀は一年前に他界している。

「それだけじゃ無理だ」

折角、苦労して手に入れた一橋家お抱えの地位と名誉を失うのであった。医者として、もはや、生きている甲斐もない。

「どうにも、わからねえなあ」

その夜はるいの部屋に泊って、翌日、なに食わぬ顔で八丁堀の屋敷へ戻ると、七重が来ていた。

「父からのお知らせでございます。水野玄英どのの御妻女は、只今、西丸に御奉公している御重役、柳生様の奥向きに奉公されていたそうでございます。それで、柳生様には工藤玄秀と申すお抱え医者が居りまして、しばしばお出入りをしている中に、牧野というお女中とねんごろになって、それで工藤様がお女中をひき取ったと申すことで、柳生様の御老女から父が訊き出したそうでございます」

「捨次郎の父親は工藤玄秀か」

そうではないかと疑っていたものであった。

そこまで調べ尽しても、水野玄英が捨次郎と牧野を殺害したという証拠にはならなかった。

相手は、仮にも一橋家のお抱えだった医者である。町方が想像だけでお縄にするわけには行かなかった。

そして一カ月。東吾は兄に呼ばれた。

「高橋先生が、そなたと畝源三郎に話すことがおありだそうだ。二人して、行って参れ」

高橋宗益は、黒の紋付で、居間の仏壇に線香を上げていた。

入って来た東吾と源三郎をみて、仏壇からむき直った。

「水野玄英が死んだよ」

からっとしたいい方だったので、東吾は戸惑った。

「胃の中に瘍《よう》という悪性のできものがあって、それが体中に広がって息の根を止める。今のところ、治療の薬がない。水野は、そのために死んだ」

「それは、御当人は知って居られたのですか。知っていたとすると、いつから……」

せき込んで訊いた東吾に、高橋老人は軽く首をふった。

「知ってはいただろう。気がついたのは、一年ほど前か、それ故、良太郎を手許におきたいといって来たのじゃろ」

「良太郎ですと……」

水野家と、この居間と二度、出会った若い医者である。

「あれは、おとよの子だ。わたしが水野から頼まれて、一人前の医者にした」

「良太郎は、自分の素性を知っていたのですか」

「いいや、知らん。水野も話さなかったようだ」

立ち上って仏壇から一通の書状を出した。

「水野玄英の遺書だ」

宛名は高橋宗益になっている。

自分の病状を述べ、命が旦夕《たんせき》に迫っていることをしるしたあとに、自分の死後、水野家の財産は、良太郎が一人前の医者になるために使ってくれるようにと財産目録を添えて書いてある。

「これで、わかりました」

東吾が呟いた。

何故、水野玄英が捨次郎と牧野を殺す気になったか、であった。

我が寿命の終りを知った時、人は最も愛する者に、すべてを与えたいと願う。

「先生は、良太郎に真実をおあかしになるのでしょうか」

東吾の問いに、高橋老人は笑った。

「人は知らんでよいことは知らぬほうがよい。また、人は心にわだかまりを持ち続けると、それが積って病のもととなることがある。わたしは医者じゃで、そなた達が、つまらぬ病にかかっては気の毒と、真実をあかした。されば、忘れるように……よいな」

八丁堀を出て、東吾も源三郎も足が軽かった。

「源さん、かわせみで厄落しをするか」

「けっこうですな」

大川端へ歩きながら、源三郎がいい出した。

「やっぱり、金魚ですな」

お菊がうっかりして猫に金魚をとられなければ、捨次郎が金魚を食ってみせることはなかった。

「玄英は、捨次郎が金魚を食ったのをみて、彼を殺すきっかけをつかんだのでしょうから、これは、そもそも金魚ですよ」

愛玩用の金魚を食うという馬鹿げた出来事が、玄英の心の底にひそんでいた殺意の呼び水になった。

「そりゃ違えねえと思うが、かわせみへ行って、金魚の話は禁句だぜ」

二人の急いで行く先に、大川の上の雲がみえている。

雲の色も、大川も、すでに秋が深かった。

露月町《ろげつちよう》・白菊蕎麦《しらぎくそば》

一

狸穴《まみあな》の方月館で、稽古を終えた神林東吾が一風呂浴びていると、庭のほうで、聞きおぼえのある声がした。

「いえ、決して急ぎの用事ってわけじゃございません。こちらで待たして頂きますんで……」

東吾は威勢よく湯舟を出て、体を拭いた。

おとせが出しておいてくれた浴衣をひっかけて、縁側へ廻ってみると、深川の長助が、すみのほうにかしこまっている。

東吾の姿をみると、ひどく嬉しそうな顔をして腰を上げた。

「どうした、長助」

ひょっとして「かわせみ」になにか、とも思ったのだが、

「どうも、あいすいません。芝口のほうの知り合いに、ちょいと変事がありまして、悔みに行って来たんですが、どうも、気になりますんで」

狸穴に東吾が来ているのを知っていたから、ついでといってはなんだが、立ち寄ったという。

「なんだか知らないが、とにかく、上れ。ここは遠慮しなくていいんだ」

そこへ、おとせが下駄と手拭を持って来た。

むこうに、すすぎの用意が出来ているという。

「それじゃ、井戸端を、ちょいと拝借さして頂きます」

いささか、くたびれたような草鞋《わらじ》の足をひきずって、長助はおとせのあとについて行った。

その間に、東吾は奥へ行ってこの家の主である松浦方斎に、知り合いの者が深川から参ったので御厄介をおかけ致しますと挨拶をした。

「当人は長助と申しまして、深川で蕎麦《そば》屋をして居りますが、町方のお手先もつとめている男で、まだ、くわしいことは訊いて居りませんが、芝口の知り合いに不幸があり、それが、どうも普通ではないような口ぶりでございました」

「成程、それで、東吾に相談に来たのであろう。かまわぬから、充分、もてなしてつかわせ。夜にかけて深川まで戻るのも難儀であろう。部屋はいくらもある。遠慮せず、泊

って行くよう、そなたから勧めるように……」

「ありがとう存じます」

そこへ、おとせが長助を案内して来た。

「只今、お話し申し上げた、長助でございます」

長助はちぢみ上って、お辞儀をした。

松浦方斎は白髪白髯《はくぜん》、鶴のような老人である。

「ここは、東吾の家も同然、気がねをせず、ゆっくりして参るように……」

廊下に頭をすりつけている長助の肩を叩き、東吾は方斎の前を下った。

方月館は、大百姓の家を方斎が買って、少々、手直しや建て増しをしたもので、東吾が長助をつれて行ったのは、大きな囲炉裏のある板敷きの部屋であった。土間から台所に続いて、ゆったりした空間があり、素朴なところが東吾の気に入っていて、ここでおとせやおとせの息子の正吉、それに方月館の番頭格でもある善助などと、冗談をいいながら飯を食ったり、正吉の素読《そどく》をみてやったりする。

長助は、おとせとは顔なじみであった。

おとせが以前、日本橋本町の薬種問屋、中村屋伊兵衛の後妻だった時、中村屋に事件が起り、それがきっかけで、おとせが正吉をつれて、中村屋から去り状を取るまで、東吾や畝源三郎の意を受けて、長助が面倒をみた。

おとせが、東吾の紹介で、方月館に住み込み、幸せに暮しているのも知ってはいたが、会うのは久しぶりであった。

「正坊は、大きくなりましたねえ。まるで、見違えちまいました」

と長助が感心するように、その当時、幼児だった正吉が、たくましい少年に成長している。

「長助親分には、何度、お世話になったか知れません。この子が富岡八幡の境内から連れ去られた時も……」

「そういえば、あの時、正坊はおっ母さんを助けたさに、この狸穴から一人で大川端までやって来たんだな」

思い出話に花が咲いて、長助がすっかりくつろいだ頃、正吉は母親にいわれて、自分の寝部屋へ去った。あとは、長助と東吾のさしむかいである。

「芝口の知り合いというのは、なんなんだ」

長助の湯呑に、酒を注いでやりながら、東吾が切り出し、長助は我にかえったようであった。

「どうも、おとせさんや正坊の顔をみて、なつかしくって、肝腎の話を忘れちまいました」

ふっと肩を落すようにして、長助が話しはじめた。

「芝の露月町というところに、白菊蕎麦というのがございます。先々代が信州の生れで江戸へ出て来て蕎麦屋をはじめたんですが、その倅《せがれ》の市五郎と申しますのが、あっしの親父の釣り友達でして……」

市五郎というのは、なかなかの商売熱心な男で、

「蕎麦と申しますのは、若先生も御承知のように蕎麦粉を打って、つなぎに山芋やうどん粉を使いますんですが……」

市五郎は、蕎麦粉を更に細かく挽いては篩《ふるい》にかけ、また、挽いてというようにくり返し、きめの細かな独得の蕎麦粉を作り上げ、それを使って蕎麦を打つ。つなぎも今までの江戸の蕎麦より、やや多く使って、しっとりした舌ざわりのものを考案した。蕎麦の色も、一般のよりは白っぽく、なめらかで、太さも細い。

「まあ、本当の蕎麦好きから申しますと、邪道といえないこともございませんが、けっこう人気が出まして、白菊蕎麦と名をつけて繁昌して居りましたんで……」

その市五郎は三年ばかり前に歿《なくな》ったが、

「歿る前の年に、一人娘のおてるさんに聟をとりました。又七と申しまして、子飼からの奉公人でございます」

ところが、父親が死んで間もなく、おてるが又七を嫌って家出をした。

「どうも、店へ蕎麦をよく食いに来る武家奉公の仲間《ちゅうげん》といい仲になったらしいんですが、相手は渡り仲間でございますから、女が熱くなったのをみると、さっさと逃げてしまいまして……」

そんなことがあったので、母親が聟の又七に気をかねて、おてるを品川の知り合いに

あずけ、世間の噂が消えたところで、呼び戻そうとしていたのだが、

「品川のほうで、おてるにいい男が出来ちまいまして……」

岩次郎といい、これがやはり蕎麦屋の職人であった。

「それでまあ、母親だの親類だのが集って、いろいろ相談しましたんですが、なんのかのといっても、家付娘がかわいいので、結局、又七には因果を含めまして、おてると離縁をさせ、改めて、岩次郎を聟に迎えるって始末でして」

黙々と酒を飲んでいた東吾が苦笑した。

「よく、又七って奴が承知したな」

「へえ、気の弱い奴でございますんで……蕎麦屋のことですから、まとまった金というほどのものもございませんで、家作を一軒もらいまして、それで話がつきましたそうで」

「くやみに行ったといっていたが、誰が死んだんだ」

先をうながされて、長助はぼんのくぼへ手をやった。

「岩次郎なんで……」

「新しい聟か……」

露月町から広い通りが金杉橋まで続いて、柴井町、宇田川町、神明町、浜松町。

「浜松町が二丁目、三丁目、四丁目と続いて金杉橋になりますんですが……」

ちょうど、柴井町と宇田川町の境目のところを海へむかってまがって行くと武家屋敷

が六、七軒あって、その裏側に空地がある。

「御浜御殿の裏側あたりになりますが、そこんところの川の中に、岩次郎が浮んで居りましたんで……」

「いつのことだ」

「みつかったのは、昨日の朝で、深川のあっしのところへ知らせが来たのが、夜でございます」

長助は今朝、深川を発って芝口へ来て、岩次郎の野辺送りに立ち会った。

「遺体はみたのか」

「へえ、ですが、ひどく傷《いた》んで居りまして……」

「役人は、なんといっている」

「誰かに、空地へひっぱり込まれて、首をしめられ、川へ投げ込まれたのではないかと」

岩次郎の着物が水中に打った棒杭にひっかかっていたという。

「なにせ、川と申しましても、海からの水が流れ込んでいる掘割のような所でございます。ひっかかって居りませんことには、引き潮の時、海へ流されていたんじゃねえかと思います」

「下手人の目星は……」

「ついて居りません」

二人が黙り込むと、土間から虫の声が聞えて来た。

二

翌日、長助は深川へ帰らずに、方月館で草むしりだの、垣根のつくろいだのをし、昼にはお手のものの蕎麦を打ったりして、東吾の体のあくのを待っていた。

その日の稽古が終ったのが、八ツ（午後二時）過ぎである。

身仕度もそこそこに方月館をとび出して、東吾は長助と芝口へ向った。

飯倉町で桶屋へ寄ったのは、ここの主人の仙五郎というのが、やはりお上のお手先をつとめていて、方月館にも始終、出入りをして東吾と顔なじみだったからである。

話をざっと聞いて、仙五郎は足ごしらえをした。

「そういうことでしたら、お供を致します」

男三人が増上寺のふちを通って、やがて宇田川町の通りに出た。

「ここからですと、現場のほうが近うございます」

長助が心得て、通りを突っ切った。路地を抜け、もう一つ、宇田川町の通りと平行な大通りを横切ると、旗本の神尾鈴太郎の屋敷がある。その塀に沿った小道は小さな武家屋敷に突き当って右に折れ、更に左折すると空地に出た。

空地は北と西を四軒の武家屋敷に囲まれていて、南側と東側が掘割に向いている。

掘割の左手は御浜御殿を囲む堀に続き、そのまま海になった。右手の掘割は森越中守の上屋敷と関但馬守の上屋敷の境を流れて、紀州様の下屋敷のへりを通って海へ出る。流石に、海に近い場所だけあって、海水が大名家のまわりの堀を流れて、各々が一国一城の主の館の体裁を形作っていた。町屋と違って、こうした大名屋敷は各々に敷地が広すぎることもあって、深閑としている。

空地には遊ぶ子供の姿もなかった。

「ここは、いつも、こんなふうに人がよりつかないのか」

東吾が訊き、長助がうなずいた。

「そのようで。あっしが昨日、来た時も人っ子一人、居りませんでした」

武家屋敷の間を抜けてくる行き止まりの空地であった。

子供でも、なんとなく寄りつきにくいのかも知れなかった。

空地の海側は一応、石を積んで波よけをしてあるが、石垣があるわけではなかった。

堀にむかっては崖っぷちのようになっている。

「夜なんぞ、酔っぱらいが迷い込んで来たり、足をふみはずして落ちることもあるんじゃありませんかね」

仙五郎が下をのぞいていった。

そのあたりに、棒杭が四、五本、水面に頭を出している。

「あすこんところに、岩次郎はひっかかっていたそうです」

崖っぷちから、それほど離れてはいなかった。

首をしめられて、放り込まれ、潮にひっぱられて棒杭に流れ寄ったものと思われる。

「人殺しには、おあつらえの場所ですね」

改めて長助が草の生い茂っている空地を見廻した。

岩次郎の死体はこの空地へひき上げられて運ばれたとかで、そのあたりは人がかなりふみ荒した跡がある。

次に三人が訪ねて行ったのは、神明町の岡っ引で吉十郎という者の家で、本業は湯屋であった。

仙五郎は吉十郎を知っていた。同じ岡っ引同士、それもあまり遠くはない。

「どうも、厄介なことが持ち上りまして……」

若い時分に草相撲で鳴らしたというだけあって、今もでっぷりした体格の、ただし、その分だけ神経のほうはいささか荒っぽい感じのする吉十郎は、それでも愛想よく応対をした。

「なにせ、殺された岩次郎というのは、町内中から、嫌われて居りましたんで……」

藍染めの結城紬《ゆうきつむぎ》の単衣《ひとえ》の着流しという東吾の恰好を、身分がわからないままに、物腰は低かった。

「何故、岩次郎が嫌われていたんだ」

白菊蕎麦へ養子に来た職人であった。

「人柄が悪かったのか」

「いえ、そういうわけじゃございませんが、このあたりの町内では、やはり、又七さんに同情する者が多うございまして……」

つまりは、それだけ家付娘のおてるの評判が悪いといった。

「そりゃそうだろう。渡り仲間と浮気をしたあげくに、別の男と夫婦《みようと》になりてえといい出す女が、評判のいいわけはねえ」

東吾はいつもより伝法な口調で、そのために吉十郎は、東吾の素性がいよいよわからなくなったようであった。

「とにかく、お調べでございましたら、手前が、白菊蕎麦へ御案内申しますので……」

家族の者に、なんでも訊いてくれという。

東吾にとっては、そのほうが都合がいい。

露月町の白菊蕎麦は店を閉めて忌中の札が貼ってあったが、吉十郎がくぐり戸をあけさせて、家へ入った。

店も釜場もがらんとして、家中が陰気くさい。

「こちらがお調べになる。なんでも神妙にお答えするんだぜ」

なんとも珍妙ないい方で、吉十郎がおてるとその母親のおさいを呼んで、東吾の前にすわらせた。

おてるは二十二、三だろうか、決して美人ではないが、素人女にしては不思議な色気がある。

「あの、又七さんが来て居りますんですが……」

そっとおさいが訴え、吉十郎が苦笑した。

「なんだ。あいつ、又、来てるのかい」

「何分にも女ばかりで心細いものですから、あれからずっと、うちの店に泊ってもらっているんです」

「まさか、はやばやと、おてると焼けぼっくいに火がついたってわけじゃねえだろうな」

おてるがつんとそっぽをむいた。

「誰が、あんな人……」

吉十郎が奥へ声をかけると、小柄な若い男が出て来た。みるからに気の弱そうな顔をしている。

「又七と申します」

臆病そうに、東吾をみた。

「まず、岩次郎が死体でみつかった前の晩のことだが……」

東吾が、女二人へ訊いた。

「岩次郎を最後にみたのは、どっちなんだ」

おてるが顔を上げた。

「あたしとおっ母さんと二人です」

案外、しっかりした声であった。

「そこんところを、なるべくくわしく話してくれ」

東吾がおてるをみると、おてるは体をかすかによじって顔を横にむけ、斜めからすくい上げるようにして東吾にうなずいた。

それが、彼女の得意な姿勢らしい。

「さきおとついは、神明様のお祭だったので、五ツ（午後八時）前に店を閉めました」

まだ宵の口で、奉公人は通いだから、みんな先を争って帰り、残ったのは家族ばかり、おさいとおてると岩次郎の三人で、

「そうなってから、又七さんが私達に挨拶をして帰りました」

という。流石に東吾が眉を寄せた。

「そうすると、又七は、あの晩も、この店に来ていたのか」

「毎日、来て働いています」

けろりとした口調であった。

「この人は、うちの人に白菊蕎麦の作り方を教えるために、ずっと店へ来ていたんですけど、うちの人が白菊蕎麦のこつをおぼえたもので、ぼつぼつやめさせてもらいたいって」

又七がひっそりと頭を下げた。自分のことをいわれているのに顔色も変っていない。

「又七さんが帰ってから、うちの人は湯屋へ行き、あたしとおっ母さんはお祭見物に行く仕度をして出かけました」

表通りは飯倉神明宮の秋祭で、商家は店先に縁台を出し、夜店も並んで大層な人出であった。

「あたし達は神明様へおまいりして、夜店をのぞいたりして、家へ帰って来たのが四ツ(午後十時)近くぐらいだったでしょうか、外はまだ賑やかでした」

岩次郎はいなかったが、これはやはり祭見物に出かけたものと思い、女二人で湯屋へ行って来てから九ツ(午前零時)近くまで岩次郎の帰るのを待ったが、戻って来ない。

「おっ母さんが御神酒《おみき》所へ行ってみたんですけど、みんな酔っぱらっていて、誰に訊いても、どこかで飲んでいるんだろうっていわれて、仕方ないから寝てしまいました」

帰って来ない亭主が心配でないことはなかったが、町中が祭の夜で浮かれている。町々の辻にある御神酒所では一晩中、飲みあかそうという連中が夜っぴてさわいでいるので、普段のようには考えなかったといった。

だが、夜があけても、岩次郎は帰らない。近所の人に相談すると、どこかで飲みつぶれているのかも知れないなどといわれたが、それでも祭の後片付けをしている鳶《とび》の連中が、あっちこっち探してくれた。

例の空地も、前夜に酔っぱらった連中が間違って入り込んでいるのではないかと見廻りに行って、その人がなんの気なしに堀をのぞいて、そこに浮んでいた岩次郎をみつけたというのであった。

話がここまで来ると、それまで手持ちぶさただった吉十郎が口をはさんだ。

「そうなんです。実は、あすこの空地はどうかといい出したのが、あっしでして、前にも祭の酒に酔って、あすこに寝ていた奴が居りましたんで……」

その時も町内総出で探して、漸《ようや》く、目をさましてのそのそ出て来た所をみつけ出した。

「なにせ、堀のむこうは御浜御殿ですから、なにがあっても、お叱りを受けます」

少々、間の抜けた岡っ引は首をすくめている。

「親分は、岩次郎の死体がみつかった時、あの空地へ行ったのか」

と東吾。

「へえ、すぐにかけつけました」

「その時、空地の草はどうだった、人のふみ荒した様子はなかったか」

吉十郎が亀のように首をちぢめた。

「そいつはどうも……なにしろ、あっしの前にも人が来て居りましたし、すぐに死体をひき上げたりしましたんで……」

この岡っ引は、まるでそんなことに神経が行き届かなかったらしい。

長助が小さく舌打ちした。

普段、人の出入りのない空地へ、前夜岩次郎は誰かに誘い込まれ、首をしめられて堀に突き落された。その争った足跡は当然、草や土に残っていた筈である。それによっては一人と一人か、それとも何人かが岩次郎を襲ったのかの、見当がついたかも知れない。

東吾が又七へ視線をむけた。

「お前は、おてるが岩次郎と夫婦になってからも、この家で暮していたのか」

又七が表情のない顔を上げた。

「そんなことはございません」

おさいが傍からいった。

「この人は、おてるが岩次郎と一緒に帰って来てからは、裏の、うちの家作に住んでいます」

「すると、岩次郎が殺された夜は、そっちにいたわけだな」

又七が、やはり、低い調子で返事をした。

「左様でございます。本当はあの日でお暇を頂くつもりでございましたが、こんなことになりましたので、手伝いかたがた、こちらへ参って居りました」

「お前の家というのをみせてくれ」

東吾が腰を上げ、吉十郎にいった。

「又七と一緒に先に行ってくれ」

「承知しました」

吉十郎が又七をうながして外へ出て、続いて長助と仙五郎が家を出て行った。

それを見送ってから、東吾がおてるに訊いた。

「お前、なんだって、あいつを嫌ったんだ」

おてるがこんな場合なのに、鼻の上に皺《しわ》をよせて笑った。

「あの人は、お父つぁんが決めたんですよ。あたしは好きじゃなかった……」

「しかし、又七はお前が好きだったんだろう」

「ぞっとしますよ。あんな男……」

「岩次郎を殺したのは、又七だとは思わないか」

「あの気の弱い人が、虫一匹だって殺せやしないのに……」

東吾は母娘に背をむけて、店を出た。

路地のむこうに仙五郎が立っている。そこを入った小さな家が、又七の住み家らしい。

「この家を、手切金のかわりにもらったというのは本当か」

入り口を入ったところにすわり込んでいる又七に、東吾は声をかけた。

「そうです」

「ずっと、この家に住むつもりか」

「とんでもない。一日も早く、この町から出て行きたいと思っていますので……」

この家は売るか、人に貸すか、まだ決めていないといった。

「祭の夜、白菊蕎麦から帰って来て、どうした……」

「一休みして、金杉橋の荒物屋へ出かけました」

そこの老夫婦が信州の伊那谷の生れで、又七と同じ在所だったといった。

「手前は十五の年に、仁吉さんを頼って江戸へ出て参り、仁吉さんのお世話で白菊蕎麦に奉公に参りましたので……」

今後のことを相談するつもりで、金杉橋へ行き、夜が更けたので泊めてもらったといった。

「少々、酒に酔いましたし、それに、帰っても寂しい家でございます」

寂しいというよりも、口惜《くや》しい思いの家に違いない。

「お前は、岩次郎をどう思った」

ずけずけと訊かれて、又七はうつむいて自分の膝をつかんだ。

「そりゃ憎くないといえば、嘘になります。ですが、白菊蕎麦の先代の旦那には恩がありますし、おてるさんが手前を好いていないのを承知で夫婦になったので、いずれ、こんなことになるのではないかと……」

予感のようなものはあったという。

「岩次郎を殺してやりたいと思ったことはなかったか」

「いいえ、人を殺せば、手前も罪になります。そのほうが怖ろしくて……」

「おてるが、もし、お前とよりを戻してもいいといったら、白菊蕎麦に残るか」

「そんなことがある筈がございません。手前も、そのつもりはございません」

今日にも荷物をまとめて、とりあえず金杉橋の荒物屋へ身を寄せる心づもりだといった。

それから東吾は、長助、仙五郎、吉十郎を伴って、金杉橋の荒物屋へ向った。

「又七が、あの晩、金杉橋へ行ったのは本当でございます。あいつが御神酒所へ挨拶に寄って行ったのをみた者が沢山居りますし、金杉橋までの表通りで、祭見物の町内の連中がとぼとぼ歩いて行く、あいつに声をかけたりもしていますんで……」

それだけは、ちゃんと調べたといいたげな吉十郎に、東吾がいった。

「それじゃ、又七が荒物屋に泊ったのも間違いないんだな」

「へえ、岩次郎の行方が知れねえってさわぎになってから、うちの若い者が荒物屋へ知らせに行きますと、又七は荒物屋の夫婦と飯を食っていまして……」

荒物屋の夫婦も、又七は間違いなく自分の所へ泊っていたと申し立てたと、吉十郎は鼻をうごめかした。

金杉橋へ行ったところで日が暮れた。

仁吉というのは七十五になる老人で、五歳年下の老妻と二人きりで荒物屋をやっている。

娘二人は嫁に出し、悴は品川で所帯を持っているといった。

「又七はあの晩、手前共へ参りました。いよいよ白菊蕎麦から暇をとって、どこか別の蕎麦屋へ奉公したいと申しまして……あんまり、あいつがかわいそうで、うちの婆さんなんぞはもらい泣きをして居りましたが……その中に又七が酒に酔って寝てしまいましたので、奥の部屋に布団を敷いて寝かせ、手前共もやすみました。多分、九ツ（午前零時）に近かったと思いますが……」

「お前たちが寝てから、又七がひそかに忍び出たということはあるまいな」

「それはございません。なにしろ一升酒を飲んじまったんですから……」

自分で下げて来た一升徳利をからにしてしまったという。

「酒は二人で飲んだのか」

「いいえ、手前は下戸《げこ》でございます」

「又七は、そんなに大酒呑みか」

「酒は嫌いではございませんが、普段はそんなに飲むことはありますまい。まあ、おてるさんのことでは、よくよく口惜しい思いをしていましたから、つい、深酒になったので、そりゃもう腰が立たないほど酔っぱらいまして、寝床へつれて行くのが容易じゃございませんでした」

枕に頭をつけるや否や、大鼾《おおいびき》で、

「手前共が寝ている二階まで、鼾が聞えて来るほどでございましたから、あれでは、とても、外へなんぞ出かけることは出来ません」

「翌日は宿酔《ふつかよ》いか」

「はい、げんなりして居りました」

岩次郎を怨んでいた様子かという東吾の問いには、

「たしかに、口惜し涙をこぼして居りましたが、あきらめもいい男で、手前共も、なにも女はおてるさんだけではないとはげましてやりました」

荒物屋を出て、金杉橋の袂《たもと》に立つと、海からの風が涼しかった。

空には月が上っている。

三

方月館の稽古は、それから二日で終った。東吾は無論、まっしぐらに大川端の「かわせみ」へ帰る。

「長助親分が東吾様にお世話をおかけしたからって、どっさり蕎麦粉を届けて下さいましたのですよ」

出迎えたるいが嬉しそうに話した。

「芝口の白菊蕎麦とかいうお店の主人が殺されたそうですのね」

長助は、どうやらその顚末《てんまつ》を洗いざらい「かわせみ」で喋《しゃべ》って行ったらしい。

「殺された岩次郎という人は、御近所の憎まれ者になっていたそうですから、お祭のお酒に酔っぱらった気の荒い連中が、意気地なしの又七さんにかわって、岩次郎って人をお堀へ投げ込んだんじゃありませんか」

などと、お膳を運んで来たお吉までがいう。

「そいつは、いくらなんでも、ましゃくに合わねえぜ。そもそもは、亭主があるのに、渡り仲間と熱くなったり、そのあげく、好きな男をこしらえて家へ戻って来たおてるって女が悪いんだ」

制裁を受けるのなら、女のほうだと東吾は主張したが、お吉もるいも、

「そりゃ女も悪うございますが、御亭主がある女に、のこのこついて来て、前の御亭主を追い出して、自分が後釜にすわるなんて、男の風上にもおけません」

と負けてはいない。

そこへ、深川から長助がやって来た。

「今日あたり、こちらへお戻りかと存じまして……」

改めて、この前の礼をいった。

「別に、俺が行って下手人を挙げたわけじゃないんだ。礼をいわれる筋はない」

岩次郎殺しが、あれっきりなのは、飯倉の仙五郎から聞いている。

「その後、又七はどうした……」

「それが白菊蕎麦で働いて居りますそうで」

長助がくすぐったそうな顔をした。

「暇をとって遠くに行くような話でしたが、お内儀さんのおさいさんが、他の蕎麦屋で働くくらいなら、うちの店で働いてくれ、給金は充分のことをするからと泣き落したんだそうです」

たしかに、岩次郎が死んだ今、又七に去られては、白菊蕎麦はやって行けない。

「そんなわけでして、金杉橋の荒物屋から毎日、露月町まで通って居ります」

流石に店には泊らず、隣の家作もそのままになっているという。

「まあ、この先、どうなりますか」

自分の縄張り内のことではないので、長助の口ぶりにも、やや諦めたようなところがあった。

「世の中には変った奴もあるもんだな」

長助が帰って、るいと二人きりの部屋で東吾が笑った。

「よっぽど、おてるって女に未練があるのか」

「東吾様は、誰が岩次郎を殺したとお考えですの」

虫の声に耳をすましながら、るいが訊いた。

「そりゃ、どう考えても又七だ。岩次郎がいなけりゃ、あいつは白菊蕎麦をやめる必要はない」

おてるはともかく、母親のおさいのほうは又七に頼り切っている。

「誰だって、まず、又七を疑う筈だ。ただ、あいつは荒物屋に泊っていたのと、到底、人殺しなんぞ出来ない気の弱い男ということで助かっている」

又七の言い分の信憑性《しんぴようせい》は、まあまあであった。

荒物屋の老夫婦はどちらも七十を越えている。自分達が二階に上って寝てしまってから、又七がそっと家を脱け出しても気がつかない可能性があった。

「だが、真夜中に又七が金杉橋の荒物屋を出て、岩次郎を殺したとしたら、岩次郎はその間、どこに居たんだ」

宵の口に家を出て湯屋へ行った岩次郎は、それまで、どこで何をしていたのか。

「まさか、殺されるのを待って、あの空地にいたわけじゃあるまい」

「お湯屋には、本当に行ったんですか」

「それがよくわからねえんだ」

近所の湯屋は、その日、いつも番台にすわる娘が祭見物に出かけて、たまたま遊びに来ていた親類の子が、代りに番台にいた。この子は、お客の顔がわからない。

「もしかしたら、お湯屋へ行く前に、岩次郎さんは殺されたのかも知れませんね」

るいがいい出した。

「空地は、めったに人の来ない所だそうじゃありませんか」

「それは俺も考えたんだが……」

不可能だと東吾はいった。

「空地そのものは、人の来る所じゃない。しかし、その空地へ入って行く小道は表通りに出るようになっていて、他からの道はないんだ」

小道へ入るには、どうしても表通りからで、そのあたりには夜店も出ているし、御神酒所もあった。

「もしも、岩次郎と又七が、その小道へ入ったとしたら、誰にも顔をみられないでというのは無理なんだ」

知らない土地ならともかく、又七も岩次郎も町内の人々に顔を知られている。

「そうなんですか」

がっかりした表情で、るいが呟《つぶや》いた。

「あたし、その又七さんって人、気が弱いっていわれているようですけれど、案外、肝っ玉が太いんじゃないかと思って……だって、岩次郎さんが殺されて、大方の人が自分に疑いを持っているってわかったら、とても、その土地で暮せやしません。それなのに、平気で白菊蕎麦で働いているなんて、気の弱い人に出来ますかしら」

白菊蕎麦のおさいが首をくって死んだという知らせを長助が持って来たのは、翌日のことであった。

場所は、空き家になっている裏の家作で、おさいは夜の中に鴨居《かもい》に紐をかけてくびれて死んでいたらしい。

東吾は長助と一緒に、芝口へ出かけた。

露月町の白菊蕎麦の方は野次馬がたかっていて、そのむこうに吉十郎が途方に暮れた様子で突っ立っている。長助が声をかけると、慌てて近づいた。

「どうもこうも、えらいことになりました」

おさいが首をくった理由は、はっきりしているといった。

「前の晩に、娘のおてると大喧嘩《おおげんか》をしたんだそうです」

おてるが、一度、別れた渡り者の仲間と、いつの間にかよりを戻しているのがわかったからで、口論の末、おてるは家をとび出し、その晩は男の所へ泊って帰って来なかった。

「朝になって、通いの奉公人や又七がやって来て、おさいがいないので、あちこち探し廻って、裏の家で首をくくっているのをみつけたそうです」

おてるのほうは午《ひる》近くなって帰って来て、母親の死を知って仰天したが、もう、とりかえしがつかない。

「今度ばかりは、親類も腹を立てて、おてるさんに敷居はまたがせないと、大変なさわぎになってます」

「又七は、どうしている」

「気の弱い男ですから、泣き泣き、奉公人とお通夜の仕度をしています」

「おてるを呼んでくれないか」

東吾が命じ、吉十郎がすぐに行って、店のすみにいたおてるを連れて来た。

「お前が昨夜、母親と喧嘩をした時、又七はいなかったのか」

「ちょうど帰るところで、びっくりしていましたけれど、あたしがどなりつけたので、慌てて帰って行きました」

流石に青い顔で、泣くことも忘れている。

東吾は、それから金杉橋へ行った。

荒物屋で訊いてみると、又七は昨日、いつもよりやや遅く帰って来て飯をすませ、早々に寝てしまったという。

「お店でいやなことがあったとかで、こんなことなら、やっぱりお暇をとったほうがよかったなどと申していましたが……」

仁吉夫婦が二階へ上ったのは、五ツ（午後八時）すぎだ。

荒物屋を出て、東吾はいつかと同じように金杉橋の袂に立った。

夕方で、釣り舟や海苔を採って来る小舟が川っぷちに、もやってあるのがみえる。

「すまないが、長助、舟をたのんでくれ」

長助が心得て、やがて若い船頭が竿を取り、東吾と長助を乗せて、金杉橋から海へむかって漕ぎ出す。

「旦那、どっちへ行けばようござんしょう」

船頭に訊かれて、東吾は、

「御浜御殿の裏の水路へ出るには、どう行けばいい」

と訊いた。

「海からも廻れますが、近いのは堀伝いで」

「近いほうをやってくれ」

舟は一度、海へ出て、丹羽左京大夫の屋敷と紀州家の下屋敷の間の水路へ入り、すぐ右折した。水路の右は紀州家下屋敷、左は大久保加賀守の上屋敷になる。その先が、右は関但馬守、左は森越中守で、森家の隣の空地が、

「岩次郎は、あそこから突き落されて、この水路に浮んでいたんだな」

石垣を仰いで、東吾がいった。

水路を来ると、思ったよりもずっと近い。

「ついでに、もう少し先へ行ってくれ」

水路はやや幅が広くなって、右が御浜御殿、左が松平肥後守の中屋敷、その先が松平陸奥守の上屋敷で、この両家の間には今、漕いで来た水路と交叉《こうさ》する細い堀がある。

「おい、そこんとこを入ってくれ」

東吾の指示で、舟は松平肥後守と松平陸奥守の屋敷の間の水路へ入った。突き当りは町屋の道である。水面から道までの高さはそれほどでもない。ここにも棒杭が二つ三つ、頭を水の上に出していた。

「そこへ舟をもやっておけるな」

舟から道へ、東吾が身軽く、とび上った。続いて長助が上る。

「ここは、何町だ」

若い船頭が舟の上から答えた。

「露月町の裏のほうで……」

東吾が歩き出したので、長助は慌てて船頭に待つようにいい、あとを追いかけた。

一軒の家の前で東吾が立っている。

「ここじゃないか」

おさいが首をくくった、あの家であった。白菊蕎麦の家作で、又七が手切金の代りにもらった家である。

四

又七が岩次郎を殺したのは間違いないと、東吾は推理した。

「又七は、なんといって岩次郎を呼んだのか、ともかく、岩次郎は湯屋へ行く前に、又七の家へ来た。そこで、又七は油断をみすまして、彼を締め殺し、自分はなに食わぬ顔で家を出て、金杉橋の荒物屋へ行った」

おそらく下げて行った一升徳利の中身は酒を薄めたもので、

「仁吉は酒を飲まないから、わかりはしない」

酔って寝たのも、又七の芝居に違いないと東吾はいった。

「又七は、先代の市五郎の釣りの供をしていて、舟の扱いを知ったんだろう、金杉橋から舟で来る分には、水路はどちらも大名の屋敷の高い塀だ。誰にもみとがめられることもない」

表通りは夜っぴて祭さわぎでも、水路のほうは無人であった。

「又七は俺達が来た水路を通って、自分の家から岩次郎の死体を運び出し、舟に乗せて、例の空地の下に捨て、それから金杉橋へ戻って、なに食わぬ顔で寝た」

それで平仄《ひょうそく》は合った。しかし、証拠がなかった。

推量だけでは、又七を縛るわけには行かない。

「もしかすると、おさいを殺したのも、又七かも知れないぞ」

おさいは自殺ではなく、又七に殺された可能性もあると、東吾は考えた。

「金杉橋へ帰った又七が、深夜、露月町へひき返して来る」

祭の夜と違って、平常は真夜中をすぎれば、まず人通りはない。

「白菊蕎麦の戸を叩いて、おさいを起した。おさいは多分、ねむれないでいただろう。戸を叩く音を、娘が思い直して帰って来たと思ったかも知れない」

深夜の家で、又七はおさいをしめ殺し、死体を、裏の家へ運んで鴨居につり下げる。

「やって出来ないことじゃないが、こっちも証拠がないな」

「又七の目的は、なんでございましょう」

芝口から帰って来た東吾を囲んで、「かわせみ」の連中が首をひねった。

「白菊蕎麦の店を自分のものにすることだろう」

一度は娘の聟になって、その店の主人の座についた。

「子供の時から奉公して来た店だ。愛着も執念もあるだろう。又七のような男には尚更《なおさら》だ」

「おてるさんをどうするでしょうね」

お吉がいい出した。

「よりを戻して女房にしますでしょうか」

「おてるは、又七を嫌い抜いているからなあ」

親類がなんといっても、白菊蕎麦の店はおてるのものである。おてると離縁になった又七には、店を相続する資格がない。

「おてるが邪魔になれば、殺すしかあるまい」

一つの殺人に成功すると、犯人は自信を持つ。

「馴《な》れという奴は怖ろしいものだ、人殺しがなんでもなくなるんじゃないのか」

東吾が、はじめて畝源三郎に、ことの次第を打ちあけた。

「東吾さん、あんまり我々の縄張りを荒さないで下さい」

笑いながら、畝源三郎がすべての手配をした。

地元の岡っ引は、顔を知られているので、源三郎がえらんだ腕っききが、白菊蕎麦に張り込みを続けた。

待つこと数日。

「又七は、白菊蕎麦の店に住み込みました」

「おてるは、白菊蕎麦の店を他人に売る気でいるようです。女一人ではやって行けないから、売り払って、その金で例の渡り仲間と所帯を持つといっているそうです」

次々と知らせが来て、

「ぼつぼつ危いぞ、源さん……」

東吾が予告した次の夜、又七は久しぶりに金杉橋の荒物屋へ帰った。おてるのほうも、その夜は、男の所から戻って、我が家へ落ちついた。

「おてるさんが、どうしてもあの店を売りに出すというので、あきらめて出て来ました。もう、あの店に未練はありません」

又七は、そんなふうに仁吉に話したという。

その夜更け、仁吉の家から忍び出た人影は露月町の白菊蕎麦の裏の家へ入った。庭伝いにおてるが一人で寝ている家へ行き、あらかじめ、掛け金に細工をしておいた戸をはずして家の中に侵入した。

寝ているおてるに襲いかかって首をしめる。

捕方がふみ込んだのは、その時で、あっけなく又七はお縄にかかった。

おてるは半死半生の体《てい》だったが、医者が来て、命には別状ないと保証した。

奉行所の取調べに、又七はなにもかも白状した。

岩次郎殺しも、おさいも、すべて東吾が想像した通りであった。

又七は、主人の女房を殺した罪が大きくて獄門になるところだったが、主家から受けた仕打ちがあまりにひどいというので、遠島となった。

おてるは夫のある身で不義を働いたかどで百叩きの上、親類へおあずけの身となり、家財は没収された。

「今度のことは、るいの手柄なんだ。るいが又七のことを、気が弱いようにみえて、本当は肝が太いのじゃないかといったのが、いとぐちになったんだ」

東吾は盛んに、畝源三郎や長助にのろけたが、どちらも笑ってばかりで張り合いのないことおびただしい。

「あの店が、潰れる前に、一度、白菊蕎麦っていう奴を食べてみたかったな」

口当りのなめらかな、白くて細い蕎麦というのがどんなものだったのか、試してみなかったのが残念な気がする。

十月になって、東吾は狸穴の方月館へ出かける途中、廻り道をして、露月町へ行ってみた。

白菊蕎麦は、名前はそのままで、別の人間が商売を続けていた。

店へ入って、東吾は蕎麦を註文した。やがて、出て来た蕎麦は、東吾が知っている、ごく普通の江戸の蕎麦であった。

白菊蕎麦は、名前だけのものになっていた。

源三郎祝言《げんざぶろうしゅうげん》

一

神林東吾が麻布狸穴《まみあな》の方月館の月稽古を終えて、大川端の「かわせみ」へ帰ってくると、るいが着がえをしている。それも喪服であった。

「御蔵前片町《おくらまえかたまち》の江原屋の御主人が歿ったんです」

冴えない顔色で、るいが訴えた。

「御蔵前片町の江原屋というと、札差か」

名前だけは聞いたことがあった。

八丁堀の組屋敷に住む町奉行配下の同心の俸禄は皆、御蔵米取りであった。

つまり、浅草蔵前にある幕府の御米蔵から毎月支給される扶持米《ふちまい》を受け取って暮しをたてる。

町奉行所の同心は、普通、年に三十俵二人扶持で、これを月割にしたものを原則としては米で、しかし、実際には三分の一か、三分の二を金にかえて支給されるのであったが、支給される日は決っている上に、武士が自分で御蔵前役所に切米《きりまい》手形を持参して受け取るのはひどく混雑して順番を待たされ、なにかと厄介なので、代理人を頼んで俸禄米を受け取り、ついでに米問屋に米を売ってもらう一切をまかせるようになっていた。

この代理業が、札差という職業で、もともとは蔵前の米問屋だった者が多かった。で、旗本、御家人の大方は、各々、決った札差を名ざしで、俸禄を受け取る代理を委任していた。

町奉行所勤めの同心にしても例外ではない。

江原屋佐兵衛という札差は、八丁堀の同心を多く得意先に持っていた。

「そういえば、源さんの蔵宿も江原屋だったな」

俸禄米の受領を依頼する札差を、武士たちは蔵宿と呼び、札差はそうした得意先を札旦那といっている。

「るいも、江原屋とつきあいがあったのか」

今でこそ、大川端の小さな旅籠《はたご》の女主人だが、彼女の父親の代までは、れっきとした町奉行所の同心であった。

「はい、父が生きて居ります頃は勿論《もちろん》、今でも江原屋さんはなにかとお心にかけてくれて居ります」

盆暮には、主人自ら、大川端まで挨拶に来ていたという。

「申しわけありませんけれど、なるべく早く戻りますので、必ず待っていて下さいまし」

出かける寸前まで、こまごまと東吾の世話を焼いて、るいは駕籠《かご》で出て行った。

女中頭のお吉に面倒をみてもらって、東吾は風呂を浴びた。

「江原屋はどこが悪かったんだ」

てっきり病気で死んだものと思い込んでいた東吾が訊くと、お吉が慌しくかぶりをふった。

「うちのお嬢さんは、なにもお話しなさらなかったんですか」

「いや」

「まあ、それじゃ、よくよくびっくりなすってらしたんですよ」

病気ではないとお吉がいった。

「殺されなすったんです」

「いったい、誰に……」

「斬ったのは、お旗本の石川様とおっしゃるお方のお使でみえていたお侍だといいますけれど、その人も、江原屋さんを斬ろうとしたのじゃなくて、江原屋さんの代理で話をしていた庄助って人と口論になって、刀を抜いたところへ、とめに入った佐兵衛さんが、間違って斬られてしまったんだそうです」

あまり要領を得ないお吉の説明に、東吾は多分、蔵宿師と対談方の争いだろうと見当をつけた。

この節、諸物価は値上りが激しいのに、武士の知行は一向に上らない。お役付で羽振りのいい武士の家はともかく、先祖代々の俸禄でやりくりしているところは大方が火の車で、どうしても来年、さ来年の分の俸禄を抵当にして、札差に借金をすることになった。

これが、年々、ふくれ上って莫大な金額になると札差のほうも、そういい顔は出来なくなる。なにしろ、相手によっては、返してもらえるあてのない貸金になりかねないからで、手前共ではこれ以上、融通はしかねますと拒絶されると、せっぱつまった武士のほうでは刀にかけても、金を出させねばならなくなって、遂には、腕の立つ浪人などをやとって、名代《みょうだい》として札差に掛合いに行かせるのが流行り出した。これを、蔵宿師、或いは宿師などといい、札差のほうも、対抗上、やはり、浪人くずれなどで腕っぷしも強いが、弁舌も巧みなといった者を給料を払って店に常《じょう》やといとして、応対に当らせることになった。これが、対談方と呼ばれる連中である。

どっちも、金でやとわれて、自分のほうに有利にことを進めようとするので、とかく、最後は暴力沙汰になって、奉行所の厄介になる例が少くない。

「かわせみ」の庭は、るいの丹精した菊の鉢が並んでいた。

銀杏の梢は黄ばんで来ているし、前栽《せんざい》の楓《かえで》は赤くなった。

湯上りに、忍び寄る冬の気配を眺めながら、酒を飲んでいると、番頭の嘉助が話相手にやって来た。

帳場のほうが一段落したという。

「本日のお客様は、皆様、お早いお着きでございました」

これからの季節、江戸に商用で出て来る客がふえてくる。

「江原屋さんは、どうも、とんだことでございました。あちらは御主人も大層、お人柄のよい方で、このようなことが起るとは夢にも思いませんでしたが……」

るいの父親の庄司家に奉公していた嘉助は無論、江原屋佐兵衛を知っている。

「世の中が悪くなってくると、侍にもひどい奴が増えてくる。貧《ひん》すれば鈍《どん》すとは、よくいったものだ」

ただでさえ、苦しい家計の中で、武士の社会は相変らず形式を重んじ、しきたりにこだわるから、当主が隠居して、悴《せがれ》が家督を継ぐような場合でも、挨拶廻りだ祝事だと、物入りが続く。役付になったといっては、お礼に廻り、新年の挨拶だけでも三日に七十数軒も上役宅を訪ねるなどというのが常識であってみれば、札差の借金がかさむのは当然であった。

「札差もいけません」

嘉助が苦い顔をした。

「もともとは、お蔵米取りの御武家方のおかげで商売をしたものを、この節は、肝腎のお客を馬鹿にして、随分と失礼な振舞が多いそうでございます。おまけに、そうした大事なお客様を相手に金貸しをして、べらぼうな贅沢をしている者が多うございます」

どこそこの札差の旦那が、吉原の女を身請けして妾にし、百両もする琴を買い与えたが、その琴爪は金で出来ていて、彫物までしてあったなどという噂が聞えてくる。

「しかし、江原屋は、そう阿漕《あこぎ》な商売はしていなかったのだろう」

「おっしゃる通りでございます。あそこにはお千絵《ちえ》さんという一人娘さんが居りますが、いつも、木綿物を着て、女中達と一緒に水仕事をしているような按配《あんばい》で、暮しもそれは質素だときいて居りましたが」

外が暗くなってから、るいが帰って来た。畝源三郎が一緒である。

上りかまちで、お清めの塩をまいてもらって、居間へ通る。

「源さんも通夜に行ったのか」

「手前は、江原屋には厄介をかけていますので……」

「借金が十年先まであるんじゃないだろうな」

「畝家は代々、倹約《しまつ》がいいので、借金はありません」

お吉が、源三郎のためにお膳を運んでくる間に、るいは着がえに立って行った。

「江原屋は災難だったらしいな」

「気の毒としか、いいようがありません」

石川徳之助という旗本は借金をふみ倒すので、札差仲間でも評判だったといった。

「親の代からの札差を、今の主人になってから三度も替えています」

通常、これまで依頼して来た札差に借金があった場合、もし、札差を替える時は、その借金を払ってからでないといけないことになっているのに、石川徳之助はそんなことにはおかまいなしで、三年前にもその問題で騒動を起していた。

「江原屋へ参ったのも、それ以前の伊勢屋信之助に、借金があるのをかくして、来年の俸禄を抵当に借金を申し込んで来たのですが、江原屋佐兵衛は要心深い男ですから、伊勢屋へ問い合せまして、石川徳之助が五、六年先まで俸禄を抵当にしているのを知りまして、断ったそうです」

相手は一筋縄では行かない悪旗本で、やくざまがいの蔵宿師を送り込んで来た。

「仕方なく、江原屋も庄助という対談方を頼んで、断りをいわせたのですが、あっという間に先方が刀を抜き、店先で庄助を斬りまして、びっくりして制《と》めに入った佐兵衛までが肩先から斬り下げられました」

事件があったのが二日前で、大怪我をした佐兵衛は、それでも医者の介抱で、二日ばかり、命を長らえたが、今朝になって急に容態が変り、そのまま息をひきとった。

石川徳之助がさしむけた蔵宿師の岡田浅五郎という男は、お召捕になり、石川徳之助もおとがめを受けることになるだろうが、江原屋佐兵衛の命は戻って来ない。

「江原屋は大騒動だろう」

店先で主人が殺害されたようなものであった。

「お千絵さんが、しっかりしていて、どんなに口惜しく、悲しい思いだったでしょうのに、涙をこらえて、皆さんに挨拶をなすっていて、みていて、本当にお気の毒でした」

着がえて来たるいが、涙ぐんでいる。

「江原屋は一人娘か」

「いずれ、お聟さんをと思っておいでだったようですけれど、いいお相手がみつからなくて……まだ……」

札差という商売は、女主人では無理であった。いずれ、父親の喪でもあけたら、然るべき聟をとらねばならない。

「いい人が来てくれるとよろしいのでしょうけれど……」

佐兵衛の妻は五年前に他界していた。

親一人子一人で、父親をなくしたのは、るいも同じなので、江原屋のお千絵が気になるらしい。

「まあ、そういうことは、源さんあたりも相談にのってやるだろうから……」

東吾がいったが、源三郎は気の重そうな顔で酒を飲んでいる。

いつも、そう口数の多いほうではなかったが、その夜の源三郎は更に無口で、酒も飯も早々にして帰って行った。

「あいつ、だんだん、気をきかすことをおぼえたのかな」

るいとさしむかいになって、東吾は笑ったが、るいは女の目で、たしかなものを見て来ていた。

「畝様は、江原屋さんとは随分、親しくなすっていらしたようですよ。よく碁を囲みにいらしたりして、江原屋さんも、厄介なことは必ず畝様に、相談なすっていらしたとか、あちらの番頭さんが話していました」

父の死でも、他人の前では泣くまいとしていたしっかり者のお千絵が、知らせを受けて町廻りの途中から通夜にかけつけて来た源三郎をみた時だけ、ほろほろと涙をこぼしたという。

「お千絵ってのは、いくつだ」

「二十一におなりだとか……」

「ちょいと遅いな」

当時としては、嫁《ゆ》き遅れであった。

「人三化七《にんさんばけしち》って御面相じゃないんだろう」

「御器量はいいのですけれど、背が少し……」

「背……」

「ええ、背丈が……とてもお高いんですの」

東吾が笑った。

「別に、それくらい、いいじゃないか」

「ええ、私もそう思いますけれど、御縁談となると、なにかと厄介なそうで……」

「どのくらい、あるんだ」

「さあ」

「世間には蚤《のみ》の夫婦ということもある。気にすることはないさ」

「ええ、私も、そう思います」

その夜は、その程度の話であった。

久しぶりに、るいと熱い一夜を過して、翌日の昼、東吾は、なに食わぬ顔で八丁堀の兄の屋敷へ帰った。

兄嫁の香苗に、狸穴の話をしていると、出入りの植木屋が薄《すすき》を届けに来た。

「東吾様は、うっかりしておいでてしょう。今夜はお月見なのですよ」

香苗に笑われて、東吾も苦笑した。

「そういえば、このところ、月が丸くなっているように思いましたが……」

十五夜の仕度が出来た頃に、兄の通之進が奉行所から退出して来た。

「畝源三郎に縁談のあるのを知って居るか」

だしぬけにいわれて、東吾は面喰らった。

「源さんにですか」

「其方《そのほう》に、なにも申して居らぬか」

「いいえ、別に……」

昨夜、「かわせみ」で会った時も、そんな話は出なかったといいそうになり、東吾は咳ばらいをした。

「その……縁談と申すのは、ごく最近のことなのでしょうか」

「今日、奉行所で本多仙右衛門が申すところによると、先方が畝源三郎に話をしたのは、五日ほど前のことらしいが……」

するると、東吾が狸穴の方月館へ出かけている留守中である。

「源さんが、本多仙右衛門どのに話したのですか」

本多仙右衛門というのは、畝源三郎の上司であった。同心の中では古参格で、温厚な人柄だと源三郎が話したことがある。

「いや、本多は、先方から仲人を頼まれて知ったそうじゃ」

「先方とは、いったい……」

「新番方の組頭をつとめる笠原長左衛門と申す者が畝源三郎の母方の伯父と昵懇《じっこん》とやらで、畝の人柄を見込んで、娘を嫁にやりたいと申し出たそうだが……」

「御家人の娘ですか」

新番方の組頭なら、身分は悪くなかった。おそらく羽振りもいいに違いない。

「あの、それは、良い御縁談なのでございますか」

着がえを手伝っていた香苗が心配そうに訊いたのは、常日頃、東吾の親友として神林家によく出入りをしている畝源三郎のことだけに、気になったものとみえた。

「本多が申すには、父親はなかなかの好人物で人望もあるが、娘のほうは早くに母親をなくして、父親が甘やかしたらしく、少々、我儘《わがまま》で世間知らずだそうな」

「美人ですか」

と東吾が訊き、通之進が微笑した。

「それも本多が申すには新番方小町といわれるほどの器量よしだと……」

「そりゃあ、たいしたものですね」

香苗が乱れ箱を片付けながらいった。

「御器量のよいのは、けっこうですけれど、あまり世間知らずでは、畝様の重荷になるのではございませんかしら」

町奉行所につとめる与力、同心はいったいに豊かであった。

江戸に屋敷を持つ諸大名から参勤交代の折ごとに土産と称して、さまざまの進物がある上に、江戸屋敷、並びに江戸在勤の藩士がなにかと厄介をかけるということで、相応の金子が贈られる。それらは奉行所が受け取り、適当に与力、同心に配分されるのが慣例であった。その他、表むきにならない、個々にあてた付け届もあって、与力の俸禄は二百石だが、実収は千石以上といわれているように、同心も亦《また》、三十俵二人扶持がたてまえだが、その実、百石以上の暮しむきが出来た。

従って、新番方組頭の娘が嫁に来ても、貧乏暮しで驚くようなことはないが、同心の日常はかなりの激務であった。殊《こと》に畝源三郎のようなくそ真面目な勤めぶりだと、朝、屋敷を出て、いつ帰ってくるかわからないような日常である。

それを知っている香苗の心配であった。

「源さんというのは、まるで面白味のない男ですから、乳母日傘《おんばひがさ》のお嬢様では、一日で逃げ出すかも知れませんよ」

冗談らしくいったが、東吾の不安も香苗と同じで、畝源三郎という男の良さは、男にはわかるが、並みの女には、少々、理解しにくいと思うからであった。

「先方の娘は、源さんの女房になる気があるのでしょうね」

いくら、父親が畝源三郎を気に入ったとしても、本人が不承知では話にならない。

「父親が本多に仲人を頼みに来たからには、本人も納得ずくであろうよ」

通之進は、縁側の月見仕度を眺めて、東吾へいった。

「其方は月見団子も風流も無縁であろう。畝源三郎へ参って、祝言の前祝でもして参れ」

「では、源さんを冷やかして参ります」

居間を出て、自分の部屋で身仕度をしていると、香苗が紙入れを持って来た。

「今夜の軍資金になさいますように……」

受け取ると、ずしりと重い。

「こんなによいのですか」

「旦那様のお指図ですから……」

「では、頂いて参ります」

それを懐中にして、屋敷を出た。

兄の気持はわかっていた。おそらく、本多仙右衛門から、相手の娘についていろいろ訊いたに違いない。ひょっとすると、その話の中には香《かんば》しからぬ噂があるのかも知れず、それを、畝源三郎が、どのように受けとめているのか、よく聞いてやるようにとの心づかいと思える。

畝源三郎の屋敷へ行ってみると、珍しく紋服に仙台平《せんだいひら》の袴という恰好であった。今しがた、江原屋の葬式から戻って来たばかりという。

「早く着がえて、深川あたりへくり出そうじゃないか」

と東吾がいったが、源三郎は浮かない顔で、

「酒なら充分、ありますから、拙宅で飲みませんか。長助が持って来た蕎麦をうでさせますので……」

という。

「蕎麦で酒か」

「今夜は江原屋のためにも、精進にしたいと思いますので……」

そういわれると、東吾も神妙になって、殺風景な居間で、この家の下婢《かひ》が持って来た芋の煮ころがしを肴《さかな》に茶碗酒を飲むことになった。

「どうでもいいが、源さん、もう少し所帯道具を揃えないとまずいぞ。いくらなんでも、花嫁を迎えられる家のようじゃないからな」

部屋を眺めて、東吾が笑い、源三郎があまり嬉しくない顔をした。

「もう、お耳に入ったのですか」

「兄上が、本多どのに聞いて来た。俺に相談にのってやれということらしい」

「やはり、そうでしたか」

この男にしては屈託した表情である。

「花嫁は新番方小町といわれるほどの器量だそうではないか。もう少し、鼻の下を長くしたら、どうなんだ」

「おいねどのですか」

「気に入らないのか」

そんな感触であった。

「一度しか会っていませんので……」

「一度、会えば沢山だ」

親同士の取り決めで、祝言の日まで顔もみたことがないというような例は身分の高い大名家などのことで、武士の縁組にも大方は、あらかじめ、おたがいが顔を合せる機会を持つようになっている。

「先方は、源さんに惚れて嫁に来るのだろう」

「それはどうでしょうか。笠原どのは、立派な仁《じん》ですし、手前に目をかけてくれていますが……」

「娘のほうは、そうでもないのか」

「手前が、女に惚れられるとは思いませんので……」

「馬鹿に気弱だな」

相手が美人すぎるので気後れしているのかと思った。

「大体、女は最初が肝腎だ。はじめの中に甘い顔をすると、つけ上って手に負えなくなるぞ」

「おるいさんのことですか」

漸《ようや》く、少しばかり笑った。

「かわせみへ行って、いいつけますよ」

「源さん、水臭いぞ。俺に本心をかくす気か」

東吾にいわれて、源三郎が笑いを消した。

「考えるだけは考えてみたのですが……」

相手の笠原長左衛門には、母方の伯父が大層、世話になっているといった。

「別に義理に絡まれてというのではありませんが、笠原どのは義父と仰いで申し分のない人物です」

「父親を嫁にするのではなかろうが……」

「女のことは、手前にはよくわかりませんので……」

「源さんの花嫁に、けちをつけるつもりはないが、本多どのは、甘やかされて育った娘だから世間知らずで、少々、我儘だといって居られたそうだが……」

「そうかも知れません。手前も、そんな感じを受けました」

「まあ、女の我儘なんぞは、手なずけてしまえば、かわいいものだが……」

「そういうものですか」

「箱入り娘というのは、それだけ、すれていないから扱いは、らくかも知れないよ」

「ならば、助かりますが……」

「もらう気になっているのか」

源三郎が茶碗に視線を落した。

「来てくれるのなら、と思っています」

「いいのか」

「どっちみち、一度は妻をめとらねばなりませんし……」

「贅沢をいっているぜ。相手は評判の美人だというのに……」

「手前には、女の美醜というのが、よくわからないのかも知れません」

「源さんの好みじゃないという口ぶりだな」

「とんでもない。分不相応だと思っています」

この友人にしては、最後まで、つかみどころがなかった。

実際、当人は降って湧いた縁談に戸惑っているのかも知れない。

「源さんが所帯持ちになると、今までのようには行かなくなるな」

それが、ちょっと寂しかった。

夜っぴて飲みあかしたり、勝手な時に呼び出したりというのは、少くとも、新婚当初はひかえねばなるまい。

なにをいわれても、源三郎は実感のない顔をしている。

帰りがけに、

「俺に出来ることがあったら、なんでもいってくれ」

といったのに対しても、ただ、頭を下げただけである。

「源さんは、けっこう照れていました。嫁にもらうつもりでいるようです」

屋敷へ戻って、東吾はそう兄夫婦に報告した。

二

畝源三郎の縁談は、とんとん拍子に進んで、その月の終りに祝言という運びになった。

東吾の気持の中には、なにか釈然としないものがあったが、黙っているわけにも行かないので、「かわせみ」へ行って、るいにもその話をした。

「まあ、それはおめでとう存じます。お祝には、なにをさし上げたらよろしゅうございましょうね」

最初、仰天したるいは、早速、祝い物をあれこれ考えている。

その日、るいのところに客があった。

「江原屋さんの娘さんのお千絵さんです」

とるいが東吾にひき合せたのだが、東吾が驚いたのは、その娘の背の高さであった。

東吾も男としても背は高いほうで、

「次男の分際で、よくも、ぬけぬけと育ちすぎたな」

と兄の通之進が冗談をいうほどだが、お千絵はその東吾と並んで、ほんの僅かしか違わない。下手《へた》をすると高島田を結っている分だけ、むこうのほうが大きく感じる。

体つきは細いが、全体としては大女の印象であった。

もっとも、顔は小さくて、なかなか愛らしい。

父親の四十九日が済んだので、香奠《こうでん》返しの挨拶に来たものであった。

たまたま、話が畝源三郎の縁談に及ぶとお千絵もびっくりして、

「早速、お祝に参りたいと存じます。畝様には一方ならぬお世話になりましたので……」

という。

「祝い物もいいが、とにかく、あの家に女手が足りないんだ。家の中の飾りつけや、当日の接待など、あらかじめ手伝いに行ってやってくれ」

祝言は無論、畝源三郎の屋敷で行なわれるわけだし、客の饗応にも人手が要《い》る。

「それはもう、なにをおいても、お手伝いに参ります」

とるいがいい、お千絵も、

「たいしてお役に立ちますまいが、私も参上させて頂きます」

と約束した。

八丁堀同心の屋敷は百坪ほどの宅地を与えられているので、畝源三郎のところも、二間続きの部屋があって、襖を開け放てば、祝言の席が設けられる。

そうこうする中に、結納が入り、黄道吉日《こうどうきちにち》が来た。

日頃、下の者に情の厚い源三郎のことで、長助をはじめ、彼からお手札をもらっている岡っ引連中が、数日前から屋敷内の清掃はもとより、庭木の手入れまでして、家中を磨き上げたところへ、おびただしい花嫁の荷物が運びこまれ、その始末にてんやわんやしたあげく、当日は、るいが万事とりしきって、「かわせみ」の板前が祝膳の一切の仕出しをすることになり、手伝いに来た女たちが甲斐甲斐しく働きはじめた。

東吾も、はやばやと紋服に身を固めてやって来たが、これといってすることもない。

源三郎は、どこにいるのかと探してみると、いつもは小者の寝泊りする裏の小部屋に裃《かみしも》を着せられて、つくねんとすわっている。

「なんだ、源さん、こんな所にいたのか」

東吾に声をかけられて、源三郎は間が悪そうに苦笑した。

「どこにも落ちついていられる場所がありませんので……」

「俺もそうなんだ。うろうろしていると邪魔だと、かわせみの連中に文句をいわれてね」

男二人が狭いところに鼻を突き合せて、東吾は、やはり源三郎の元気のないのが気になった。

「大丈夫なのか」

つい、いった。

「なにがですか」

「祝言の当日の花聟にしては、気勢が上らないようだからさ」

まさか、源三郎が女嫌いとは思えないが、女にあまり経験のあるほうではない。

「いいか、源さん、今更、いうまでもないだろうが、女なんてものは、はじめて馬の稽古をした時と同様に、こっちがびくびくしたら、間違いなくしくじるものなんだ……」

珍妙な忠告をはじめたとたんに、廊下の側の障子が開いて、お吉が顔を出した。

「若先生、こんな所でなにをしていらっしゃるんですよ。おみえになったんですよ、神林の殿様が……」

「兄上か」

驚いて東吾はとんで行った。

広間で、通之進と香苗が、仲人役の本多仙右衛門夫婦と話をしている。本来、同心の祝事に与力が出席するというのは、あまり例のないことなので、畝源三郎は恐縮し切って挨拶をした。

今日の通之進はひどく気さくで、手伝いに来ている者にも、誰彼となく声をかけ、気

軽に台所へ顔を出したりしている。かと思うと、

「東吾……」

と廊下のすみに呼び出した。

「あの、上背《うわぜい》のある娘は誰だ」

と訊く。

ふりむいてみるまでもなく、それは江原屋のお千絵で、ぽつぽつ集っている畝家の親族に桜湯を運び、きびきびと働いている。

「御蔵前片町の札差、江原屋の娘です。源さんの蔵宿なので……」

といいかけると、

「父親が、対談方と蔵宿師の争いに巻き込まれて殺された札差であろう」

「御存じでしたか」

兄は吟味方与力だから、あの事件の時の調書を読んだのかと思った。

「歿った父親と源三郎は親しかったそうだな」

そんなことまで知っているのかと、東吾はあっけにとられた。

「よく、囲碁の相手をしたそうです」

「一人娘か」

「お千絵ですか」

「養子の話はないのか」

「さあ、いずれ、喪があけたらということではありませんか」

何故、兄がお千絵に目をつけたのか、東吾にはわからなかった。女にしては背が高すぎて目立ったのかも知れないと思う。

兄のあとから東吾も広間へ行ってみると、源三郎が金屛風《きんぴょうぶ》の前にすわらされて、客の祝いの言葉を受けていた。

やがて、花嫁が到着する時刻である。

屋敷の前には鳶《とび》の若い者が並んで、花嫁行列がみえたら、木遣《きやり》で祝う段取りになっている。

秋の陽の暮れは早かった。

広間の燭台には灯がともされ、玄関前の高張提灯《たかはりぢょうちん》にも火が入った。

だが、花嫁の行列は一向にみえない。

先触れも来なかった。

「お仕度に手間どっているのでしょうか」

東吾が落ちつかなくなって台所へ行ってみると、るいがそっとささやいた。

すでに、祝膳の準備もととのっている。

その片すみで、お千絵が襷《たすき》をはずしていた。

「申しわけございませんが、私はこれで……」

帰るのかと東吾は思った。

「もう少し、お待ちなさいましな。花嫁様がお着きになりますから……」

お吉が、せめて花嫁をみて行けと勧めているが、お千絵はうつむいて、はかばかしい返事もない。

なにか急ぎの用事でもあるのだろうと、東吾はるいにいった。

「あまり、ひきとめては気の毒だ。祝儀物を持たせて帰すといい」

るいは小さく、はいといったが、少し、ためらってから、お千絵のそばへ行った。

低声《こごえ》でなにか話をしている。

東吾は、また、せかせかと広間へとってかえした。

そこでは、客が賑やかに喋っている。

庭から下駄をはいて裏へ廻った。

長助が、東吾をみて走ってくる。

「若先生、どうも様子がおかしいんで……」

あまり花嫁行列が来ないので、若い者を本所割下水《わりげすい》の笠原長左衛門の屋敷まで走らせたところが、表門は閉まっているし、邸内がひっそりして、到底、婚礼の夜のようではなかったという。

もし、それが本当なら、笠原家のほうに、なにか異常が起ったと考えねばならない。

「どうも、いやな予感がしたんだ」

そのことを奥座敷に報告したものかどうかと迷っていると、裏門のほうに慌しく駕籠がついたようである。

町駕籠から人目を憚《はばか》るように下りたのは、初老の武士であった。

東吾と長助をみると近づいて、

「卒爾《そつじ》ながら……」

と声をかけた。

本多仙右衛門どのを呼んでもらいたいという。

「手前は、笠原長左衛門と申す」

花嫁の父であった。

そういわれてみると、礼服に威儀を正しているが、顔面蒼白で衣紋も乱れている。

「少々、お待ち下さい」

東吾は自分で本多仙右衛門を呼びに行った。

流石に仲人としては、花嫁の到着が遅すぎるので、廊下へ出て、表を窺っているところを、そっとささやいて客たちに知れぬように裏へ伴って行く。

笠原長左衛門は、木かげに立っていた。やや、はなれたところに長助が心配そうにひかえている。

「笠原どの、如何《いかが》なされた」

本多仙右衛門が呼びかけると、笠原長左衛門は、よろよろと大地に膝を突いた。

「面目次第もござらぬ。なんとお詫《わ》びを申してよいか……」

血を吐くような声音《こわね》である。

「いったい、何事でござる」

「娘が……いねが、かけおちを致しました」

相手は同じ本所割下水に屋敷のある坂倉市三郎という者だと聞いて、東吾はそっとその場をはなれた。

源三郎に、なんといったものかと庭を戻ってくると、

「東吾か」

思いがけない暗闇に、通之進が立っている。

「誰やら、裏に来たようだが……」

「はい」

「笠原家よりの使ではないのか」

「笠原長左衛門です」

「ほう、当人が来たのか」

月の光の中に通之進が出た。兄の表情が驚いていないのに、東吾は気づいた。

「花嫁は、どうした」

「男とかけおちをしたそうです」

改めて怒りがこみ上げて来た。

祝言の当日、花嫁にかけおちされた花聟の面目はどうしてくれるといいたい。

そこへ、本多仙右衛門が戻って来た。背後に、笠原長左衛門がついてくる。

「これは、神林様、容易ならぬことになりました」

「花嫁が、かけおちをしたそうじゃな」

ぴしっとした声であった。

「こともあろうに、婚礼の当夜、なんたる失態……」

笠原長左衛門が土下座した。

「平《ひら》に……、平に……、娘は必ずひっとらえ、後日、畝どのに如何《いか》ようとも御成敗を……」

「左様なことをしては、両家へ恥の上塗り。また、ことを荒立てては、笠原家の家名にかかわるとは思わぬか」

東吾は茫然として、兄を眺めていた。我が兄ながら、凜洌《りんれつ》、且つ、颯爽《さっそう》としている。

「神林様、如何したらよろしゅうございましょうか」

本多仙右衛門が途方に暮れて訊ねた。

「されば、このまま、花嫁失踪を伝えては、畝家の不名誉、花聟は当代一の笑いものになるであろう」

「申しわけございませぬ。この上は手前、切腹して、お詫び申す」

笠原長左衛門が声をふりしぼり、通之進がそれを止めた。

「無用な振舞はなさるまい」

「無用と仰せか」

「ことを荒立てるなと申して居るのが、わからぬか」

「しかし……」

「畝源三郎には、なにも申さず、仮の花嫁を仕立てて、とりあえず、祝言をあげること、その上で然るべく、談合するのが上策と存ずるが……」

本多仙右衛門が、眉をひそめた。

「そのような……、仮嫁になる者が居りましょうか」

通之進が東吾を呼んだ。

「江原屋の娘をつれて参れ」

「承知しました」

えらいことになったと思いながら、東吾は台所へとんで行った。

お千絵はなんとなく帰りそびれたように土間のすみにいる。

「すまぬが、ちょっと来てくれ」

東吾がささやくと、合点の行かぬ顔ながら素直について来た。

裏庭には、男三人が各々に立っている。

「お千絵か」

通之進の声は、この上もなく優しかった。

「畝源三郎が恥をかくか、かかぬかの瀬戸際である。そなた、力を貸してくれぬか」

花嫁の失踪を告げ、仮の花嫁になってくれないかという通之進の言葉を、お千絵は頭を垂れて聞いていたが、返事はすみやかであった。

「畝様のお役に立ちますことなら、喜んで……」

「よし、それでよい」

通之進が東吾に命じた。

「香苗ともども、仮嫁をつれて屋敷へ行くように……」

改めて、笠原長左衛門にいった。

「御息女と畝源三郎との縁組は、なかったことに致したい。御異存はあるまいな」

笠原長左衛門は這《は》いつくばって頭を下げた。

それからは迅速であった。

神林家では、香苗が自分の嫁入りの時の衣裳を、お千絵に着せ、綿帽子をかぶせた。

駕籠の用意が出来て、駕籠脇には東吾と神林家の用人、女中たちがつく。

静かに、花嫁行列はつつがなく畝家の門を入った。

本多仙右衛門の妻女が花嫁の手をひいて、金屏風の前の畝源三郎と向い合った席にすわらせる。

傍から、通之進がいった。

「畝源三郎、待ちかねた花嫁の到着じゃ。よう、顔をみるがよい」

顔をみるまでもなかった。

この部屋に入って来た時から、源三郎は花嫁の背の高さに注目していた。そして、今、綿帽子から、僅かにのぞいている花嫁の顔で、それが誰か知ったようであった。

「では、盃事を……」

通之進がうながして、三三九度の式が始められた。

盃を持つ花嫁の手がふるえている。

東吾は、源三郎の顔が赤くなっているのに気づいた。先刻までの屈託したものがなくなって、そのかわりに、なにか思いつめたような、激しい雰囲気が源三郎を包んでいる。

盃が花聟に廻った。

源三郎もぶるぶると慄えているのが、東吾にはみえた。彼の目が涙ぐんでいるようである。そして、花嫁のうつむいた頰にも涙が幾筋も、燭台の灯影に光っている。

ふっと、どこかですすり泣きが聞えた。

それほどに厳粛な三三九度である。

仲人が高砂を謡い、祝言は夜更けに終えた。

客がすべて帰り、最後に通之進が席を立った。

「東吾、なにをしている。仲人は宵の中と申すではないか」

「兄上、お千絵をおいて参るのですか」

仮嫁であった。

このまま、初夜というわけには行かない。

「それは、二人が決めることだ」

わけがわからないままに、東吾は兄と一緒に畝家を出る。

月はすでに西に傾いている。

畝源三郎のことだから、軽はずみはするまいと思いながら、東吾はその夜、寝そびれた。

翌朝、通之進の出仕前に、畝源三郎がやって来た。お千絵が一緒である。

「改めて、お礼やらお願いを申し上げに参りました」

お千絵を正式に妻にしたいと、源三郎がいい、東吾は仰天した。

「お千絵どのも承知してくれましたので……」

「そうであろう」

通之進がさわやかに笑った。

「そうありたいと、二人とも思っていたようじゃな」

二人が体をちぢめるようにしてお辞儀をした。

「それでよい、めでたいな、東吾」

東吾がきょとんとしている中に、香苗が袱紗《ふくさ》を持って来た。

「二人へ祝いじゃ。畝家の荷物を笠原がひきとりに参るまで、大川端のかわせみで、水入らずに過すがよかろう」

いそいそと二人が帰ってから、東吾は兄に訊ねた。

「あの二人は、最初から好き合っていたのですか」

通之進が朝の茶を喫しながら、弟を眺めた。

「そうではないと思うのか」

「いえ、二人は……以前からに違いありません。しかし、それなら、どうして……」

「畝源三郎に、女がくどけると思っていたのか」

「それはそうですが……」

「相手は札差の一人娘だ。嫁に欲しいと申せば、源三郎は侍を捨てて、江原屋の養子になる決心をせねばなるまい」

父親が娘を畝家の嫁に出すといってくれればよいが、家付娘なのでといわれて、

「それであきらめるようでは、男とは申せまい」

「それは、そうです」

なんとなく、東吾はおかしくなった。

「源さんは、失恋しかけていたのですか」

相手の気持もたしかめることが出来ず、やけくそで、笠原長左衛門の娘を嫁にしようとした。

「やけくそではあるまい。あの男のことだ、惚れた女と夫婦になれないのならば、誰を妻にしても同じだと考えたのであろうよ」

「全く、気の弱い男ですね」

たまたま、笠原の娘が好きな男とかけおちしたからいいようなもので、一つ間違えば、一生の恋を、口にも出来ず、闇に葬ることになった。

「それにしても、兄上はどうして、源さんがあの娘を好きだと、おわかりになったのですか」

「それよりも、何故、わしが畝家へ参ったかを訊ねぬのか」

「はあ、たしかに……」

突然、身分違いの者の祝言の席に、招かれもしないのにやって来た兄であった。

「本多から、笠原の娘のことを訊いて、ひそかに娘の行状を探らせてみた。父親は気づいていなかったが、やはり、好きな相手がいた」

坂倉市三郎というのは御家人の三男坊だが、生家が没落して、当人は食うために、旗本にやとわれて蔵宿師をしていたらしい。

「なんですと……」

蔵宿師は札差をおどして、金を出させるのが仕事であった。

「そんな奴に、笠原が娘をやると思うか」

「成程、そうだったのですか」

「祝言ぎりぎりに、二人がかけおちをするのではないかと予想していたからこそ、間違いのおこらぬように、畝家へ出むいたのだ」

行ってみると、予期した通りになった。

「それはわかりました。ですが、源さんとあの娘が……」

「お前は気づかなかったのか」

「一向に……」

「東吾らしくもない。あの席にいて、娘の様子と、畝源三郎の様子をみていれば、すぐにわかる……」

「そんな馬鹿な……」

しかし、香苗もおかしそうに、東吾をみて笑っている。

その夜、東吾は屋敷を抜け出して、「かわせみ」へ行ってみた。

「畝様御夫婦は、はなれにお泊りです。もう、おやすみですから、お邪魔をなさいませんように……」

るいにいわれて、東吾は庭のむこうの離れ家を眺めた。

「そんな野暮はしないが、るいは源さんとお千絵が好き合っていたのに気がついていたのか」

るいが東吾の帯をほどきながら笑った。

「それは、もう」

「知っていたのか」

「あのお二人をみれば、どなたにもわかります」

「前から知っていたのか」

「うすうす、そうではないかと……でも、はっきり、わかったのは、御祝言の日でしたの」

お千絵はひどくとり乱して、かくれては涙を拭いていたし、源三郎はそんなお千絵をみて、苦悩していた。

「先程、畝様がおっしゃいましたの。花嫁が到着する前に、お千絵さまをつれてかけおちをしようかと思っていたと……」

「あいつ、底抜けの馬鹿だな」

「どなたかさんより、純情でいらっしゃるから……」

きっと、いい御夫婦になりますよ、と寝巻を着せかけられて、東吾はるいの肩を抱いた。

夜の気配が、冷え冷えとしている。

「あいつらに、負けちゃいられないな」

るいの耳朶にささやいて、東吾はさっさと布団にもぐり込んだ。

大川端の宿は、どこもひっそりと更けているようであった。

橋《はし》づくし

一

このところ、神林東吾は八丁堀の道場の稽古が済むと、必ず組屋敷を抜けて我が屋敷へ帰ることにしていた。

その通り道に、畝源三郎の屋敷がある。

秋も深くなって来て、東吾が道場を出るのは、早くても灯ともし頃になるのだが、畝家は、いつも、ひっそりしていた。

といって、人影がないわけではない。

竹垣をめぐらした道のほうから眺めると、厨《くりや》の障子窓には甲斐甲斐しく立ち働いているお千絵の丸髷《まるまげ》の影法師が映っていたり、時には、その当人が井戸端で水を汲んでいる姿をみかけたりする。

東吾の声のかけ方は、きまっていた。

「源さんは、帰りましたか」

いいえ、という返事が必ずであった。

お千絵は、にこやかに東吾に頭を下げ、彼の問いに、少々、すまなさそうに返事をする。

「今日は、まだ戻って居りませんが……」

「いや、格別、用があるわけではありません。御用繁多で大変ですな」

「はい、でも、それがお役目でございますから……」

「なにか、お困りのことはありませんか」

「いいえ、ありがとう存じます。いつも、お心にかけて下さいまして……」

「では、ごめん」

通りすがりの挨拶《あいさつ》は、それだけであった。

お千絵は丁寧に頭を下げて、東吾を見送り、東吾はただでさえ早い足を一層、早くして通りすぎる。

「源さんにも困ったものですよ」

屋敷へ帰ってくると、必ず東吾は兄嫁の香苗にいいつけた。

「なんといっても、まだ新所帯なのですから、たまには早く帰ってくる算段をすればよいのに、あれでは花嫁が気の毒です」

香苗は、むきになっている義弟に微笑んで答えた。

「御用がおいそがしいのでございましょう」

「町廻りが多忙なのはわかります。しかし、要領よくやれば、三度に一度、五度に一度は早く帰れないことはありますまい。それをあの男は不器用で……」

「お千絵さんが寂しがっておいでなのですか……」

「いや、あの娘はしっかり者ですから、いつも、せっせと働いています」

「それなら、東吾様がお気を遣われることはないではありませんか」

「ですが、なんといっても町屋から嫁に来て組屋敷の暮しには馴れていないでしょうから、せめて、源さんがたまには早く帰って来てやることだと思うのですが……」

「東吾様はおやさしいのですね」

兄嫁は笑って、それを兄に話したらしい。

「それは畝源三郎が、まわりの者に気をかねて居るのであろう」

兄の居間で、兄と一緒に夕飯の膳についた時に、通之進が弟にいった。

「嫁をもらった当初は誰でもそうしたものだ。一目散に屋敷へ帰るなどと笑われぬために、無理をして人より遅く役所を出る。内心では、とぶように我が家へ戻りたくとも、それを抑えて、どうでもよい仕事などをして時刻を過している。まあ、男の見栄という奴だ」

「つまらん見栄など張っているひまに、お千絵どのを喜ばせてやればよいと思うのです

さしむかいで朝餉《あさげ》の膳を囲んでいる。


が……」

「源三郎にしてみれば、そうも行くまい。放っておけ」

兄夫婦が相手になってくれないので、東吾は一人でやきもきしていた。

で、翌朝、今度は道場へ稽古に出かける前に、畝源三郎宅をのぞいてみると、夫婦は
「東吾さん、なにか御用ですか」

のんびりと、源三郎が立って来て、東吾は苦笑した。

「これから出仕か」

「左様です」

源三郎が、いくらか肥ったようだと東吾は眺めた。

「ここんとこ、道場の帰りにこの前を通るんだが、いつ通ってみてもお千絵どのが一人らしい。たまには早く戻ってやれよ」

声をひそめていうと、源三郎が嬉しそうに目を細くした。

「定廻《じょうまわ》りは激務ですから、そう思うようには行きません」

「しかし、まわりの者に気がねなんぞしないで……」

「御心配なく、遅く帰った分だけ、かわいがってやっています」

「なんだと……」

「東吾さん、人のことより、たまには大川端へおいでになることですよ。おるいさんが

寂しがっていますぞ」

一本とられた恰好で、東吾は憤然と道場へむかった。

背後で源三郎の底抜けに陽気な笑い声がする。

その日の八丁堀道場の東吾の稽古は、常になく荒っぽくて、夕方までに立て続けに数十人の相手をして、一度、屋敷へ戻って、

「少々、用事がありまして……」

兄嫁にことわりをいって、まっしぐらに大川端の「かわせみ」へやって来た。

こういう時は、早く日が暮れてくれるのが有難い。

るいの部屋は炬燵《こたつ》が出来ていて、長火鉢の上の鉄瓶があたたかそうな湯気を上げている。

「源さんの奴、すっかり、やに下りやがって、顔をみりゃあ、のろけばかり聞かされるんだ」

自分がお節介を焼いたのを棚に上げて、東吾が苦情をいうと、るいも、お膳を運んで来たお吉もおかしそうに笑っている。

「畝様は、少し、お肥りになりましたよ。やはり、奥様のお手料理がよろしいんでしょうかね」

とお吉がいい、

「お幸せな証拠ですよ」

と、るいが相槌を打つ。

「どなたかさんは、畝様のお帰りが遅いので、心配なすって、毎日、道場の帰りに、畝様のお宅をのぞいて行かれるのですってね。畝様が、とても感謝しておいでのようで……」

「源さんが、ここへ来て、そんなことをいったのか」

「深川の長助親分が、お蕎麦《そば》を届けに来て、お吉や嘉助に話して行ったそうですの。このところ、厄介なお仕事が続いて、お屋敷へお戻りが遅くなるので、どなたかさんのお心づかいが有難いと、畝様が長助親分におっしゃったとか……」

「あいつ、俺に礼なんぞ、いわなかったぞ」

しかし、東吾はそれで満足した。

「源さんも因果な商売だな。嫁をもらった最初の中《うち》くらい、のんびり水入らずで晩飯が食いたいだろうに……」

「畝様のところなんぞお幸せな中でございますよ」

お吉が思い出したように、話し出した。

「この節は、嫁とりも、聟とりもなかなか油断のならない御時世のようで……」

世の中が、せちがらくなって来たせいか、好いて好かれて一緒になる夫婦よりも、持参金めあてだの、親の商売の利権のための縁組のほうがはやって来て、

「大層な地所持ちだというので、娘を嫁にやったら、沽券状《こけん》（土地の証文）が、みんな

借金の抵当になっていたなどという話をききます」

嫁のほうも、情がなくて、財産めあてで夫婦になって、夫に資産がないとわかると、さっさと去り状をとって実家へ帰ってしまう。

「裸一貫から、夫婦でやり直しをしようなんて、殊勝な話はきかれなくなりました」

昔気質《かたぎ》のお吉は、しきりに憤慨している。

一にも、二にも、金が万事、世の中を動かして行くような風潮は、今にはじまったことではないが、幕府の屋台骨が、なんとなくぐらついて来て、西の方から世間がさわがしくなり、人の気持もどことなく不安定になっているのが、「かわせみ」のような人の出入りの激しい客商売のところでは、案外、わかるものらしい。

「そういえば、箱崎町の小田原屋さんに、いい縁談があるそうじゃありませんか」

るいがいい出した。

箱崎町は、「かわせみ」のある大川端町とは日本橋川をへだてた向い側で、箱崎町、北新堀町の二つに武家屋敷と幕府の御船手《おふなて》屋敷、御船蔵が、三方を川に囲まれた島の恰好になっているために、永久嶋とも呼ばれている埋め立て地であった。

けれども、箱崎町一丁目、二丁目、それに北新堀町は問屋が多く、川から運ばれてくる商品の荷上げに始終、人足が威勢よく働いていて、なかなか活気のある町でもあった。

海産物問屋、小田原屋彦右衛門の店は、箱崎町二丁目にあって、老舗《しにせ》であり、店がまえも大きいほうであった。

るいが、縁談があるといい出したのは、その小田原屋のことである。

「いったい、どんな縁談なんだ。嫁きおくれの人三化七が、三百両の持参金付きでやってくるって奴じゃないのか」

湯上りの炬燵で、恋女房のお酌で、たて続けに盃をあけた東吾が、いい機嫌で訊《き》く。

「違いますよ、小田原屋さんは一人娘さんで御養子をおもらいなさるんです」

るいの言葉の尾に、お吉がついた。

「あそこは、近頃、珍しい良縁ですよ。なにしろ、お聟さんが、おとよさんを見初《みそ》めて縁組が決ったんですから……」

おとよというのが、小田原屋の一人娘である。

「いい女なのか」

「おきれいで、そりゃいい娘さんなんですけどね、お気の毒にお目が不自由で……」

子供の時に患いついて、ひどい熱を出し、生死の境目をさまようところまでいった。

「幸い、命はとりとめて、それからはすっかりお丈夫にお育ちなすったんですが、どういうわけか、その時以来、目がよくみえなくなって、今じゃ、明るいところなら、ぼんやりとみえるけれども、暗くなると人の顔もわからない有様で、小田原屋さんじゃ随分、いろいろなお医者にみせたそうですけど、治らないそうですよ」

毎度のことながら、お吉の饒舌には、はずみがついて、どこで止るかわからない。

「目病み女は色っぽいというからな。大方、聟にくる奴は、そういう所に惚れたんだろう」

　東吾がまぜっかえし、お吉が慌てて手を振った。

「そんなんじゃございませんのです。最初は品川のほうの、小田原屋さんの取引先が持って来た縁談で、御当人はあんまり気乗りがしなかったらしいんですが、一度、おとよさんに会ったとたんに、すっかりのぼせちゃって、なにがなんでも聟になりたいって……」

「小田原屋ってのは金持なんだろう」

　それには、るいが答えた。

「御商売はうまくいっているようですし、築地の小田原町あたりに、随分と土地を持っておいでだとか……」

「それなら、金がめあてさ。娘に惚れたというのは表むき、ねらいは金だろう」

「いいえ、そのお聟さんは小田原屋さんよりも大金持なんですよ」

　すかさず、お吉が胸をそらせていった。

「金持の聟か」

「そうなんです。最初は、あたしたちだって、いくら器量がよくても目の不自由な娘さんのところへ聟に来るのだから、小田原屋さんの財産めあてと相場を読んでいたんですが、近頃、聞いた話じゃ、むこうさんは沼津の大地主の御次男で、お兄さんは、水野出羽守様の御家中、伯母さんの嫁入り先は、水野様の御重役の吉田様とおっしゃるお方だそうで、小田原屋さんも、びっくりしちまったらしいんです」

「どうして、そんな奴が、海産物問屋の聟になろうってんだ」

東吾は合点が行かなかったが、お吉の説明は明快そのもので、

「竜ヶ崎惣二郎さんとおっしゃるんですけどね、そのお方は、お父さんが外に産ませた子供さんなんですよ。それでもって早くから、生れた土地じゃない所へ行って、身を立てたいって、清水の海運業をしてなさるお人の店に奉公して、品川へ出て来たんだそうなんです」

そんな話をしていると、嘉助がお吉を呼びに来た。女中頭が奥で油を売っているので、台所方がてんやわんやらしい。

「どうも、すみません、つい、話がはずんじまって……」

お吉が台所へ去り、るいも客に挨拶に行くといって部屋を出て行ってから、東吾は長火鉢のむこうでお燗番《かんばん》をしている嘉助に訊いてみた。

「小田原屋の聟の話を聞いたんだが……」

嘉助が苦笑した。

「その話は、この界隈《かいわい》じゃ大評判になって居ります。なにしろ、派手な噂《うわさ》がとびかって居りまして……」

縁談がまとまるとすぐに、沼津から竜ヶ崎家の親類がやって来て、婚礼の打ち合せをして行ったのだが、

「婚礼には、水野様の御重役もお顔を出されるとかで、浅草駒形町の参会茶屋の駿河屋を使って御祝儀の宴席を設けるとか、お膳は八百善か八百仁にするようにとか、まあ大仰な話になったそうで、その費用《かかり》は竜ヶ崎様のほうで一切、お出しになる、そればかりか、よい土地をみつけて、新夫婦のための別宅も作ってやろうという、けっこうなお話だったと申します」

流石に、嘉助も目を丸くしている。

「大層な聟をひき当てたものだな」

「小田原屋のほうでは、ただもう恐れ入って、ぼんやりしてしまっているそうでございます。まるで、雲をふんで歩いているような気分だと奉公人までがいうそうで……」

「金のあるところには、あるものだな」

「婚礼などと申すものは、田舎のほうが諸事、派手なものかも知れません」

その夜の小田原屋の縁談の話は、そこまでであった。

やがて、るいが戻って来て、二人だけの秋の夜長は、少しも長いと思わない中に、あけてしまった。

二

その月のなかばを、東吾は狸穴の方月館へ出稽古に行った。

十日間が終って、本来なら狸穴から八丁堀のはずれを通り越して、まっすぐ大川端へ向う足が、組屋敷のところで止ったのは、畝源三郎の屋敷の前に、町駕籠がおいてあって、その傍に、商家の手代らしい若い男が立っているのをみかけたからであった。

この時刻、畝源三郎はまだ町廻りからは帰るまいと思う。

お節介は百も承知で、畝家へ近づくと、屋敷の中から若い娘が、お千絵に手をひかれるようにして出て来た。

手代が助けて、駕籠に乗せる。

駕籠に乗った娘が目が不自由なのに気づいて、東吾は、その駕籠の去るのを待った。

「お帰りなさいませ」

東吾の姿に気づいたお千絵が声をかけ、東吾は傍へ行った。

「今、狸穴からお帰りですか」

うなずいて、東吾はもう町角をまがってみえなくなった駕籠のほうへ顔をむけた。

「今の娘は、箱崎町の小田原屋の……」

「御存じでございましたか」

「いや、かわせみで、話にきいていたのだが……」

お千絵は、ちょっと考えるようにしたが、

「申しかねますが、少々、話を聞いて頂けましょうか」

という。

「では、庭へ廻ろう」

狸穴から草鞋《わらじ》ばきであった。

その足許のこともあるが、女一人の家へ、如何《いか》に気心の知れた仲といっても、のこのこ上り込むつもりはない。

この家の小者は、源三郎の供をしているし、今までいた下働きの女は、お千絵が嫁に来てからは暇を出している。

「私一人で充分でございますから……」

というお千絵の健気《けなげ》な申し出のためだが、さして広くもない同心の屋敷のこと、新婚の夫婦には水入らずのほうが、なにかと都合がいいらしい。

東吾が庭へ廻ると、お千絵が心得て、縁側へ座布団を持って来た。

「このような所で、お寒くございませんか」

と案じ顔だったが、幸い、縁側は秋の陽が当っていて、狸穴から歩き続けて来た東吾には、むしろ、さわやかで心地よい。

「お千絵さんのほうは大丈夫か」

「私は、なんとも……」

手ぎわよく、茶を入れて、お千絵が東吾の前へおく。

「小田原屋のおとよさんとは、お琴の稽古が御一緒で、親しくして居りました。あのお方はお目が不自由なので、一生、独りで生きて行かなければならないかも知れず、お琴の修業にも熱心で、お師匠様も、そのおつもりで稽古をつけていらしたのですが……」

「成程《なるほど》、それで、ここへ来たのか」

「私が、八丁堀へ嫁ぎましたので、私を通して……あの……」

お千絵が急に赤くなったのは、自分の夫である源三郎を、東吾の手前、なんと呼んだものかと、ためらってのことらしい。

「相談というのは、おとよの縁談のことではないのか」

かまわず、東吾は訊いた。

この際、女心を斟酌《しんしゃく》している余裕はない。

「はい」

「相手は沼津の大地主の倅で、兄に当る者が水野家に奉公しているとか」

水野出羽守は沼津五万石の領主である。

「はい」

「大層な良縁と、かわせみでは聞いたが」

「はい、ですが、おとよさんは不安でならないと申されました」

「不安……」

「あのお方はお目が殆《ほとん》ど見えません。お相手の竜ヶ崎惣二郎様とおっしゃるお方のことを、おとよさんのまわりの方は、皆さん、口を揃えて、よい殿御ぶりの、お人柄のよい、御立派なお方だとおっしゃるそうでございますが、おとよさんには、なにか、ひんやりとして不気味なものが感じられるとか……」

「案外、不細工な男ではないかと心配しているのか」

東吾の冗談に、お千絵はかぶりをふった。

「御器量のことは、どうでもよいそうです。ただ、おとよさんには、まわりが喜んでいるような、よいことずくめの縁談ではないような気がしてならないとか……」

「成程……」

目のみえない人間の勘が、常人より鋭いのは東吾も知らないわけではない。

「話を聞いていて、おとよの思いすごし、取り越し苦労と思えないか」

「いえ……」

お千絵が慎重に否定した。

「女は誰しも、嫁入りが決り、その日が近づくにつれて、不安になったり、落ちつかなくなって、あれこれと考えなくともよいことまで考えるものでございましょう。でも、今日のおとよさんの話では、そのような、ありきたりの怖ろしさとは違うように思えました」

流石、畝源三郎が惚れて女房にしただけあって、しっかりしていると東吾は内心、苦笑した。

「たとえば、竜ヶ崎様では、先日、御親類の方が小田原屋さんにみえて、財産調べのようなことをされたそうでございます。大事な倅を養子にやるからには、世間に知れていない借金などがあっては困るし、あとあと、不名誉な事柄が出て来ては、水野の殿様に申しわけが立たないとのことで、小田原屋さんがお持ちの土地や家作の沽券状を残らず、出させて、ごらんになったと申すのです」

「沽券状までみせろといったのか」

ふと、東吾は眉を寄せた。

念には念を入れるということかも知れないが、やることが大袈裟《おおげさ》すぎた。

「まさか、その沽券状を、むこうが、あずかって行ったのではあるまいな」

土地の証文であった。人手に渡ったら、とんだことになる。

「そのようなお話もあったそうでございますが、小田原屋さんのほうで、お渡しにはならなかったとか」

当然であった。

いくら、相手に信用があっても、迂闊《うかつ》に手放せるものではない。そういうものを、もしも、相手が貸せといったとしたら、これは非常識か、或いは他に意図するところがあったと思われても仕方がない。

おとよが、相手に不安を持ったというのも、ここまで聞けば、うなずける。

「わかった、俺に心当りがあるから、そっちから手を廻して、竜ヶ崎惣二郎を調べさせよう。そいつの兄の名前と、伯母が嫁いでいるとかいう水野家の重役の名前を、おとよから聞いてくれ」

お千絵が棚から料紙を持って来た。

「私も、それが手がかりになろうかと存じまして、おとよさんから訊き、書きとめておきました」

兄の名は竜ヶ崎宗太郎。

伯母のみよじが嫁いでいる家が吉田頼母《たのも》。

「そりゃあ、たいしたものだ。源さんはいい奥方を持ったものだよ」

思わず破顔して、東吾は立ち上った。

三

竜ヶ崎惣二郎に関する調査を、東吾は兄の通之進に相談した。

「他ならぬ源さんの女房の友達が、不幸せになっては気の毒だと思いますので……」

もったいらしく話した弟を、通之進は苦笑して眺めていたが、

「それは承知した。しかし、おそらくは、そやつ、食わせ者であろうよ。念のために、そやつを小田原屋へひき合せた品川の知り合いと申す者のほうを訪ねてみるがよい」

と智恵をつけた。

「仰せの通りです。早速、品川へ行って参ります」

「品川へ滞在はならぬぞ、あの宿場の女どもは、男を鼻欠《か》けにするそうな」

兄の冗談もだんだんきつくなったと思いながら、東吾は翌日、まず「かわせみ」へ行った。

嘉助に、あらましを話して、小田原屋へ行き、主人に会って、竜ヶ崎惣二郎を紹介した品川の知人というのを訪ねてもらうことにして、自分はるいの部屋で待っていると、やがて、嘉助と一緒に畝源三郎がやって来た。

「小田原屋に畝の旦那も、おみえになっていらっしゃいまして……」

嘉助がいい、東吾が笑った。

「なんだ、源さんも動き出したのか」

「恋女房の頼みですから、断るわけには参りません」

「ぬけぬけというぜ、源さんも……」

小田原屋では、主人の彦右衛門も漸《ようや》く相手に不審を持ちはじめていたという。

「沽券状をみせろの、貸せのといって来た竜ヶ崎の親類という連中は、どうも人品骨柄《こつがら》よろしくなかったようです。それにいうことばかり大きくて……それで、小田原屋の手代の松之助というのが、水野家の江戸屋敷に滞在しているという、その親類の連中の帰るところを尾《つ》けたらしいのですが、通三丁目のあたりで逃げられてしまったそうです」

畝源三郎がいうように、もし、水野家の藩中の者なら、尾行に気がついて、相手を撒《ま》く必要はない。

「ただ、竜ヶ崎惣二郎を小田原屋へひき合せた、品川の廻船問屋、大坂屋八右衛門というのは、たしかな人間のようです」

「行ってみるか、源さん」

男二人、すぐに足ごしらえをして大川端を出る。

新橋から芝口へ、源助町、露月町、柴井町、宇田川町、神明町、浜松町と走るように通り抜けて金杉橋で午飯をとり、芝橋を越えて、田町、大木戸、高輪、品川とたどりついた。

廻船問屋大坂屋は海に近いところにあり、立派な店がまえである。

小田原屋の聟養子について訊《たず》ねたいというと、主人の八右衛門はすぐに奥から出て来て、東吾と源三郎に挨拶をした。奉公人にすすぎをとらせ、丁重に案内する。

だが、八右衛門の話をきいて、東吾も源三郎もあっけにとられた。

「竜ヶ崎惣二郎さんと申しますのは、清水の田丸屋さんと申すところで働いていたのが、たまたま、江戸へ出て参りまして、手前共の船で働きたいと申し、左様、一年ほども居りましたか、算盤《そろばん》もうまいし、頭もよい。当人の話をきくと家柄、素性も悪くないので、折も折、小田原屋さんのほうから、良い男がいたら世話をしてもらえないかといわれまして、当人に話してみますと、これが案外、まとまりまして……」

つまりは、当人のいうことを信用して、別にその素性を清水のほうへ問い合せることはしていない。

「それでは、竜ヶ崎惣二郎は、今もここで働いているのか」

東吾の問いに、八右衛門は少しばかり苦い顔をした。

「それが、小田原屋さんとの縁談がまとまってすぐ、ここを暇をとりまして、親類が江戸の水野様のお屋敷にいるので、そちらで婚礼の仕度をすると申しまして、それっきり、音沙汰がございません」

仮にも養子縁組のきっかけを作ったところへ、それきりなんの挨拶もないので、八右衛門は気を悪くしている様子であった。

「あの者が、なにかしでかしましたか」

反問されて、源三郎が答えた。

「いや、今のところなにもないが……」

言葉を濁して、早々に大坂屋を出た。

「どうも、とんだ仲人口ですな」

しかし、そんなものかも知れないと東吾も思った。

江戸には近年、地方からおびただしい数の人間がつてをたより、奉公先を求めて流れ込んでいる。

それらの中の誰かが、少々、生れ素性を偽っていたとしても、とても町役人の目も届かず、奉公先をしくじって流浪する無宿者の数も増える一方で、奉行所も取り締りに手を焼いている有様であった。

「ひょっとすると、竜ヶ崎惣二郎という奴、兄弟が水野家に奉公しているというのは、眉唾《まゆつば》だな」

「なんのために、そのようなでたらめを申したのですかね」

源三郎が首をひねった。

「聟に入るのに、少しばかり見栄を張ったのか……」

虚栄のための嘘が嘘を呼んで、ひっこみがつかなくなってしまっているのか。

「気になるのは、小田原屋で沽券状をみせろといったことだな」

土地に関する事件は、最近、殊《こと》の外《ほか》、増えていた。

江戸の大商人の中には、あちこちに土地や家作を所有する者がいるが、自分の店や家の建っている土地は別として、遠くにある土地、平素、放ったらかしにしてある土地、たとえば、湯灌場《ゆかんば》に使うために空地にしておいた土地などが、何十年も家族に葬式が出ず、寄りつきもしないでいたところが、見知らぬ者が材木置き場に使っていたとか、甚しいのは、他人が家を建ててしまっていたなどといった話がある。

調べてみると、家を建てた者は、別の人間からその土地を買って居り、偽の沽券状を受け取っていたりする。無論、売った人間は、とっくに逃げてしまって、金を払った者と土地の本当の所有者の間で、大さわぎが起る。

沽券状が偽だった場合はまだしも、本当の沽券状が取引されることもあった。

泥棒に沽券状を盗まれたという者が、実は賭け事に夢中になって、沽券状を賭けでとられてしまっていたのだなどというのもあって、事件を持ち込まれた奉行所でも、どちらに黒白を下してよいか判断に窮することがある。

で、まず沽券状を持っていたら、その人間が、その土地の所有者として認められるといった基本的な解決が、お裁きの中心になるのは当然であった。

「まさか、養子に入って、沽券状を取り上げるつもりではあるまい」

「取り上げて、どうするのです」

聟に入ったからといって、勝手に売り払えるものでもなかった。

「どうも、合点が行かないな」

八丁堀へ戻って来たのは夜である。

「おるいさんの所へいらっしゃるのもいいですが、たまには拙宅へ寄りませんか」

源三郎がいい出して、東吾は彼の屋敷へついて行った。

いつぞやの婚礼の日以来、源三郎の屋敷の中へ入るのは、はじめてのことであった。

この前、縁側からのぞいた時にも、家の中がどことなく華やいでみえたものだが、通されてみて、東吾はつくづく感心した。

男所帯が、こんなにも変るものかと思う。

床には花が飾られ、掛け物も季節に適《あ》うものになっている。

出された客用の座布団も真新しいし、火鉢にはかっかと炭火がおきているし、第一、すぐに酒の膳が出る。

以前は、源三郎が自分で台所から徳利と茶碗を持って来たもので、肴といえば火鉢で焼いたするめか、老婢《ろうひ》が作った芋の煮ころがしぐらいのものだったが、今夜は突然、訪ねたというのに、「かわせみ」ほどの膳が出る。

「源さんの鼻の下が長くなるわけだな」

「東吾さんには、いつも、みせつけられていましたからね」

しかし、お千絵は源三郎がいうほどには、べたべたせず、二人の間にすわって行儀よく、酒の酌をして、

「お邪魔でございましょうから、御用がありましたら、お呼び下さいまし」

という。

「いや、今夜は、お千絵さんに訊きたいことがあって寄ったんだ」

小田原屋の持っている土地について、なにか知らないかと東吾は盃を手にしたまま、訊ねた。

「築地の本願寺の近くに、かなりの土地や家作を持っておいでとは聞いたことがありますが……」

お千絵が気づかわしそうに答えた。

「その土地や家作のことで、今までに、なにか問題が起ったことはないだろうか」

たとえば、借金の抵当にしたとか、他人に売ったり、買い戻したり。

「そのようなことは聞いて居りませんが、一つだけ……おとよさんのおっ母さんのことで……」

「おとよの母親……」

「おとよさんが十二、三の年に家風に合わないということで、小田原屋さんから去り状

をとっているのですけれど……」

　思いがけない話に、東吾は膝をのり出した。

「おとよが十二、三というと、少くとも、嫁に行って十三、四年は経っているわけだろう。なんだって、そんな時分になって……」

　お千絵が当惑したように、うつむいてしまった。

「かまわないから、話しなさい。大事なことかも知れない」

　源三郎が亭主ぶって勧める。

「おとよさんのおっ母さんは、おりんさんと申しまして、とてもきれいなお方だったのですけれど、魔がさしたというのか、外に好きな人が出来てしまって……」

　細々と、お千絵が話し出した。

　おりんの相手は芸人で、芝居小屋で三味線をひいている男だったという。

「それ以前から、お芝居が好きで、よく見物に出かけていたようですけれど……」

　一人娘が十二、三になり、母親としては、ほっとする頃に、気持の上でも隙が出来てしまったのか。

「おとよさんのお父つぁんが、表沙汰にしては、暖簾《のれん》に傷がつく、おとよさんもかわいそうだというので、家風に合わないと離縁をして、その上、行き所のないおりんさんのために小田原町の家を一軒、あてがって住まわせていると聞いたことがございます」

　源三郎が東吾をみた。

「その、おとよの母親は、今でも、その家に住んでいるのか」

「それは存じませんが……」

「おとよは、母親に会いに行くことはあるのか」

「いいえ、それはないと思います。あの人はお父さん子で……他に男を作ったおっ母さんを憎んでいます」

「そのあたりかも知れないな」

東吾がいった。

「明日にでも、小田原屋へ行って、事情を訊いてみるか」

新婚早々の屋敷に長居は無用と、東吾は畝家を辞して、「かわせみ」へ行った。

寝物語に、るいにその話をしていると、大戸を叩く音が聞えた。

まだ、帳場で起きていた嘉助が返事をしている。素早く、東吾は着がえをした。嘉助が廊下から声をかけた。

「箱崎町の小田原屋に賊が入ったそうです」

東吾は「かわせみ」をとび出した。嘉助が後に続く。知らせに来た小田原屋の番頭は、「かわせみ」で腰をぬかしていた。

小田原屋の店は大戸が開いて、近所の人がかけつけていた。

主人の彦右衛門は肩先を斬られているが、意識は、はっきりしていた。

居間は手文庫がぶちまけられている。

「柳原町の……深川の柳原町に娘が行って居ります……賊はそちらに……」

深川のはずれの柳原町三丁目に小田原屋の別宅がある。

「娘を……おとよが沽券状を持って居ります……」

東吾は夜の中を走った。

いつの間にか、背後に畝源三郎が来ていた。嘉助が知らせたものらしい。

永代橋を渡って深川に出る。

源三郎が、深川の長助を叩き起した。

道案内は長助の役目になった。

黒江町から仙台堀沿いに出る。そこで川の方角から人の絶叫が聞えた。

長助が提灯《ちようちん》を高くあげ、川面に二艘《そう》の小舟がもつれ合うように浮んでいるのがみえた。

東吾と源三郎が岸を走り、舟へ跳躍する。

捕物そのものはあっけなかったが、舟の上はすさまじい有様であった。

おとよをかばって、前の舟で逃げて来た小田原屋の手代の松之助は、迫って来た竜ヶ崎惣二郎に刺されて、全身、血まみれになっている。惣二郎ともう二人の男が、血だらけの松之助に群がって、彼の体を改めている最中に東吾と源三郎がかけつけたもので、おとよは、すでに湯もじ一枚にされていた。

三人の男が求めていたのは、小田原屋の築地小田原町にある土地の沽券状であったことが、捕えられた三人の口から明白になった。

四

「竜ヶ崎惣二郎ってのは、おりんの亭主の弟さ」

おりんが間違いをおこした三味線ひきの弟に当り、兄が病死したあと、おりんの家へ入りこんで、ひものような間柄になっていた。

「手っとり早くいえば、金が欲しくて、仲間が一芝居打ったということだな」

惣二郎は、その頃、おりんの家を出て品川沖で荷揚げ人足として働いている中に、うまく取り入って大坂屋の店に奉公することが出来た。

「そこで、まっとうに働いていればよいものを、耳に入ったのが、小田原屋が目の不自由な娘の聟を探しているという話だ。とにかく、惣二郎という奴は口先がうまくて、大抵の人間は舌先三寸で丸めこまれてしまう。まんまと大坂屋八右衛門をだまくらかして、小田原屋の聟に入ろうとしたが、大風呂敷を広げすぎたのと、それを知ったおりんが黙っていない」

おりんにしてみれば、別れても娘は可愛かったのと、惣二郎に嫉妬してのことでもある。

「おりんに、なにもかも、ばらされたのでは元も子もなくなるから、惣二郎も考え直して、今度は小田原屋から、土地の証文、沽券状を奪い取る企みに変えた」

小田原屋彦右衛門は、別れた女房に家作の一軒は与えたが、それは、あくまでも当座の住み家としてで、家や土地をおりんに与えたわけではない。おりんがそこに住んでいる中はともかく、男と出て行く分には、家は明け渡してもらうし、人に売ることも出来ないように沽券状は渡していなかった。

「おりんにしてみりゃ、そいつが面白くなかった。自分が不貞を働いたのを棚に上げて、築地の土地を自分のものにしようとたくらんだんだ。智恵をつけたのは、惣二郎たち仲間だろう」

以前は小田原屋の女房だったのだから、沽券状さえ、手に入れれば、別れる時にもらったものだといい張って、お上を欺《あざむ》くことも出来ないとは限らない。

少くとも、世間体は家風に合わないという理由で離縁をした女房だから、それくらいのものを与えていても不思議でないと、お上も判断するだろうと、おりんは仲間にそそのかされてその気になった。

「まずかったのは、俺と源さんとが品川の大坂屋へ行ったあとに、惣二郎がやっぱり、大坂屋へ顔を出したんだ。それで、奴はどうも自分の素性がばれかかっていると気がついて、慌てて、小田原屋を襲ったんだが、肝腎の沽券状は、彦右衛門が店におくのは危険だと思って、その日の昼、娘のおとよに手代の松之助をつけて、深川の別宅へやっておいたんだ。一味の中にはおりんがいたから、すぐ、それに気がついて、三人の男が柳原町へ向ったというわけだ」

深夜に戸を叩かれて、手代の松之助は危険を察知した。おとよをつれて、裏口から逃げ出し、南辻橋の横にもやってあった小舟で川伝いに追っ手をまこうとした。

「松之助というのは、父親が船頭で問屋の荷を川伝いに舟で運ぶのを仕事にしていたから本所深川の川には、くわしかったそうだ」

盲目同様の娘をつれて逃げるには舟しかなかった。

子供の頃から自然におぼえた竿さばきで小名木川へ出て、仙台堀に抜け、なんとか追っ手から逃げ切ろうとしたが、相手も舟をみつけて、とうとう仙台堀の正覚寺橋の手前でつかまった。

「うまい具合に、俺たちとぶつかってよかったんだ。さもないと、おとよは間違いなく、奴らにさらわれていただろう」

東吾と源三郎と長助が行き合せて、三人の男は一網打尽になった。

ところで、小田原屋彦右衛門が娘にもたせた沽券状がなかった。

おとよは、それを持って柳原の家を脱出したが、舟に乗ってから、松之助に渡したという。

「私が持っていては危いと思い、松之助なら安心だと思いましたので……」

その松之助は惣二郎の刃《やいば》を受けて半死半生で、いまだに意識が戻っていない。

三人の男は、松之助の衣服をはがして探したが、沽券状はみつからなかったといい、事実、三人を裸にしても、出て来なかった。

「川にでも落したんじゃありませんか」

と長助がいい、若い者をくり出して川沿いを調べたが、みつからなかった。

よく晴れた日、東吾は、おとよとるいを伴って舟で柳原町を出た。

竿をとるのは長助のところの若い衆で、長助もお供をしている。

小田原屋の別宅の近くの南辻橋から舟は小名木川へむかって、深川菊川町沿いに進み、やがて菊川橋をくぐる。

おとよは、ひっそりと耳をすませていた。

「舟がどっちに行ったか、おぼえているだけでいい、教えてくれ。それから、その途中で、どんなことがあったか、つまらないことでも思い出したら、いってくれ」

東吾はおとよの向い側に腰を下して、川の流れをみていた。

猿江橋をくぐる。

「舟は右にまがりません、まっすぐです」

目を閉じたまま、おとよがいった。

小名木川へは入らなかったことになる。扇橋をくぐり、暫く行くと福永橋。

「ここで右にまがったように思います。すぐにもう一つ、橋をくぐりました」

橋は直角にまがった仙台堀にしか、かかっていない。直行しても、左折しても橋はなかった。おとよの記憶は正しいことになる。

崎川橋から仙台堀に入る。

次が、要橋。

「このあたりで、後から声が聞えました。追っ手が追いついて来たのだと思います。そうして……松之助が私のかんざしを抜きました」

おとよの髪から、松之助が、かんざしを抜いたという。

次が、亀久橋。

「長助、舟を止めろ」

東吾が声をかけ、舟に立ち上って、橋の下をのぞいた。

午後の陽が僅かに射し込む小橋の下、ちょうど橋板の真裏に当る場所に、油紙に包まれた沽券状は、しっかりとおとよのかんざしで橋板に打ちつけられていた。

「松之助って奴は、たいした度胸だよ、おとよを守って逃げながら、万一を思って、大事な沽券状を橋板にかんざしで縫いつけて、追っ手の目をくらまそうとした。小田原屋は、いい奉公人を持ったものだぜ」

沽券状を橋板から抜き取りながら、東吾が明るくいい、おとよはそっと頬を赤く染めた。

仙台堀に、秋の陽がゆらゆらと揺れている。

星《ほし》の降《ふ》る夜《よる》

一

この年の正月、江戸は急にあたたかくなって、本来なら雪も降ろう、氷も張ろうという季節なのに、日中は綿入れを脱いでも、ぼうっとするような気温で、これは、もしかすると天変地異でも起るのではないかとささやき合っている矢先に、日本橋横山町まで使に行った「かわせみ」のお吉が顔面蒼白、なかば失神状態で町駕籠《まちかご》に運ばれて帰って来た。

たまたま、「かわせみ」の帳場には東吾が来ていて、番頭の嘉助と陽気の話をしていたところで、幽霊のような顔付でふらふら入って来たお吉を、驚いて出迎えた。

お吉を送って、駕籠脇について来たのは、薬研堀《やげんぼり》に住む岡っ引の源六という男で、これは嘉助と顔なじみであった。

「どうも、とんだことに出くわしまして……」

お吉を支えるようにして土間へ入って来た源六の顔もひきつっている。

「いったい、どうしたんだね。なにがあったんだ」

嘉助の声で、居間で東吾の着がえの仕度をしていたるいまでが出て来た。

「それがその、あっしも、まだ夢をみているようで……」

源六がいい、お吉が漸く口を開いた。

「人形が宙を飛んだんです」

「なんだと……」

嘉助が目をむいた。

「人形だけじゃありません。袋物だの、財布だの、煙草入れが、みんなふわふわ浮いて、おまけにひょいと表をみたら、石がばらばら降って来たんです」

「そんな馬鹿な……」

「その通りなんです」

源六が、お吉の味方をした。

「あっしも、たしかにみたんです。まっ黒な雲が伊勢屋の屋根の上に下りて来て、なんだろうと思っていたら、空から石が落ちて来て……」

「冗談じゃねえ、そいつは霰《あられ》か雹《ひょう》だろう」

嘉助が笑い出し、源六が大きく手をふった。

「嘘じゃありません。あっしが伊勢屋の暖簾《のれん》をくぐってみたら、目の前を火鉢だの、茶碗がふっとんで行って、長七旦那と手代の与吉と、それから、お客で来ていたお吉さんが、口もきけねえようになって、がたがた、慄《ふる》えていたんです」

おい、と声をかけたのは東吾で、

「すまないが、案内してくれ」

ふりむいて、るいにいった。

「横山町の伊勢屋まで行ってくる」

大川端から日本橋横山町まで、流石に源六はお上の御用をつとめるだけあって、東吾の早足に遅れもせず、一目散について来た。

「若先生、あそこでございます」

息を切らして、源六が立ち止ったのは緑橋を渡って、通塩町から横山町へ入って間もなくで、そのあたり老舗《しにせ》の並ぶ一角に人が集っている。

東吾が近づいてみると、屋根に立派な看板が掲げてあり、雛遊び、小間物袋物、伊勢屋と読める。

集った人々は、伊勢屋とは反対側の道のすみに立って、怖ろしそうに眺めていた。

道に、おびただしく石が落ちているのを東吾は見た。伊勢屋の前あたりがもっとも、ひどい。

店の入口を入って、流石に、東吾もあっけにとられた。

まるで、家の中を大風が吹きまくったといった按配であった。

火鉢は土間にひっくり返っているし、茶碗が割れてころがっている。帳場格子が襖《ふすま》にぶつかって、算盤や帳面が散乱し、座布団が何故か鴨居の上にのっていたりする。

商売物はもう滅茶苦茶で、手のつけようもない有様であった。

店から居間へ上ってみると、そこも落花《らっか》狼藉《ろうぜき》で、棚の上のものは残らず落ちているし、仏壇から位牌がころげ出している。

「誰か、伊勢屋の者は居ないのか」

東吾が声をかけると、若い女中が台所のほうから顔を出した。

まだ山出しといった感じだが、なかなか愛くるしい娘である。

「伊勢屋の者は、どこへ行った」

と訊くと、黙って廊下の奥を指した。

そっちへ歩いて行くと障子が、三、四枚もはずれていて中庭が見渡せた。

伊勢屋の人々は、中庭のお稲荷さんの祠《ほこら》の前に一かたまりになっていた。まるで、地震かなにかで避難したといった恰好である。

「おい、大丈夫か」

家の中から庭へ出た東吾に、主人の長七が慄えながら答えた。

「手前共は大丈夫でございます。家の中は、まだ、火鉢や鉄瓶が踊って居りましょうか」

「そんなことはないが、足のふみ場もないぞ」

東吾のあとからついて来た源六も声をかけた。

「もう、おさまったようでござんすよ」

ぞろぞろと、伊勢屋の、まず男たちが家の中をのぞいた。誰もが腰がぬけたようで、ふらふらしている。

東吾と源六が、伊勢屋の中へ入ってから、それまで怖ろしがって外にいた鳶《とび》の連中や町役人も暖簾をくぐって来た。

誰かが、医者を呼んでくる。伊勢屋の女房と小僧が、とんで来た小石で少々の怪我をしていた。

そこへ、町廻りの途中、知らせを聞いたといって、定廻り同心の近藤但馬というのがやって来た。無論、東吾の顔は知っている。

「いったい、なにがあったのですか」

訊ねられて、東吾は苦笑した。

「この家の者は、火鉢や鉄瓶が宙を飛んだと申して居るが……」

「左様な、たわけたことが……」

しかし、近藤但馬の問いに対して、伊勢屋の主人長七も、女房おたきも、番頭、手代、小僧、女中までが口をそろえていった。

「なにがなんだかわかりませんが、とにかく、家中の品物が宙をとんで行ったのは本当でございます」

医者が煎じた薬湯を飲み、やや、落ちついたところで、長七が話し出したのは、次のようなことであった。

「たまたま、大川端のかわせみのお女中でお吉さんとおっしゃる方が、御主人のお使で店におみえでございました。小袱紗《こぶくさ》の御註文でございまして……お相手をして居りますと、家の奥のほうで、ずん、ずんという、腹にひびくような物音がいたしまして……」

ちょうど、小僧が、お吉に茶を出したところだったが、その茶碗が小刻みに揺れ、店の棚の上に並んでいた人形が落ちてきた。

「てっきり、地震かと思って、立ち上りかけましたが、地ひびきはそれきりでございます。なんだろうと思って居りますと、表のほうが急に暗くなって、日中だというのに店の中は行燈《あんどん》が欲しいほどで、これはとあきれて居りますと……、もうそれからは、なんと申し上げてよいやら、そのあたりにあるものがことごとく宙に浮び上りまして、家中をとび廻るのでございます。頭上からは、ばらばら石の落ちてくる音が聞えますし、誰かが戸を叩くようなものすごい音も致しました。みんな大声をあげまして……、どうやって家から外へ出たのかおぼえて居りませんが、家中をころげまわり、逃げまわったあげくに庭へ出ましたら、家内や番頭もどこからか這《は》い出して参りまして……」

女房のおたきのいうのも似たりよったりであった。

「居間で針仕事をして居りましたら、台所のほうで、ずしんというような音がして、気がついたら、目の前を針箱が宙に浮んでとんで行きまして……襖や障子も、ぱたぱたと倒れてしまいました。あとは無我夢中で……」

台所には女中が二人いた。

若いほうが、最初、東吾が呼んだ時に出て来た娘でお梅といい、もう一人は出戻りでこの店で働いているお柳《りゅう》という三十五、六になる女であった。

「お梅さんは水を汲みに、外の井戸のところへ出て行ったと思います。あたしは炭箱を持って奥へ行こうとしたんですけど、急に下から突き上げられたような気がして、板の間へ尻餅を突いたんです。外をみたら、小石がばらばら降って来て……」

井戸端にいたお梅は、

「水を汲んでいて、誰かが大声で叫んだような気がして、そっちをみたんですけど、あたりが夜のようになっていて、なにもみえませんでした」

という。

「それっきり、気が遠くなって……なんだか夢をみているようなふうでした」

外にいたせいか、お梅はものが宙をとぶのも、石の落ちてくるのも知らないといった。

「気がついたら、誰かが呼んでいたので、そっちへ行ってみて……あのお侍様でした」

と東吾を指した。

「どうも、なにがなにやらわかりませんな」

調べをすませて、伊勢屋を出てから、近藤但馬は、大川端へ帰る東吾と途中まで同行しながら、首をふった。

「話をきいてみると大地震でも起ったようですが、その近所では、伊勢屋を除いて、そんなことはなかったと申すのですから……」

「まさか、白昼、伊勢屋の者が、ものの怪《け》をみたというのでもありますまい」

東吾にしても合点が行かない。

大川端へ帰ってみると、お吉が元気を取り戻していたが、東吾から伊勢屋の様子を聞くと、更に威勢がよくなって、がんがんとまくし立てた。

「そうなんですよ。お嬢さんも番頭さんも、あたしが大袈裟《おおげさ》に喋《しゃべ》っているとお思いみたいですけど、正真正銘、かけ値なし、本当に財布だの、煙草入れが宙をふわふわ、とび廻ったんですから……」

東吾が訊いた。

「お吉は、家の奥のほうで、ずしんという物音がしたのを聞いているのか」

「ええ、聞きました。物音なんてものじゃございません。地ひびきですよ、まるで、大木に雷が落ちたみたいな……」

「家の中が暗くなったのか」

「ええ、そうです。薄暗い中を、品物だけが白っぽくみえて宙をとんで行くんです」

「それで、お吉はどうしたんだ」

「気がついたら、お店の外にとび出していました。すぐ近くに源六親分がいて、あたしを助けて駕籠にのせて、一緒について来てくれたんです」

嘉助が、源六のことをいった。

「あいつは古い岡っ引で、けっこう肝のすわった奴でしたが……さっき、なんで、お前、お吉さんについて来たんだと申しましたら、それがさっぱりおぼえていないと申します。なにか、夢中で駕籠と一緒に走って来ちまったとか……」

「どうも、みんな狐がついたようなさわぎだな」

東吾がいい、るいが眉をひそめた。

「狐の悪戯《いたずら》でしょうか」

「まさか、日本橋のまん中に狐も出まい」

「でも、伊勢屋さんのお庭には、お稲荷さんがおまつりしてありますよ」

お吉がいい、東吾が聞きとがめた。

「どうして、知っている」

「どうしてって……。お店が薄暗くなった時、奥のほうが、かすんだようになって、そのむこうの庭にお稲荷さんの祠があるのがみえました」

「そいつはおかしいぞ。店と奥の間は壁をはさんで廊下があるんだ。もし、お吉が店にいたのなら、壁のむこうがみえるわけはないんだ」

「いいえ、ですけど、たしかにみえました」

「かわせみ」の台所がいそがしくなって、お吉はとんで行き、るいの部屋は、東吾とるいの二人きりになった。

東吾は酒を飲みながら、考え込んでいる。

「ねえ、どうして、お吉に、伊勢屋さんの庭のお稲荷さんがみえたんでしょう」

新しい徳利を銅壺《どうこ》に入れながら、るいが訊き、東吾が笑った。

「みえる筈《はず》はないんだ。店と奥との間は壁と廊下があって、障子を開けると居間なんだ。居間からもう一つ障子をあけて縁側に出なけりゃ、庭はみえねえんだから……」

もしも、障子、襖が全部開いていたとしても、

「壁は、別になんともなかったんだから、店から庭がみえるわけはないさ」

「ですから、どうして……」

「多分、お吉に狐がついたんだろう。今夜あたり、口が耳まで裂けて、コンと鳴くかも知れないぞ」

るいは東吾にすがりつき、東吾は柔かなるいの内懐へひょいと手をすべり込ませた。

妙にあたたかい一月の夜である。

二

横山町の伊勢屋の怪異は、一度で済まなかった。

その後も、夜中に家中がゆさゆさと揺れて大さわぎになったり、主人が食事をしてい

ると お膳が宙に浮んでひっくり返ったとか、さまざまな噂が聞えてくる。

伊勢屋では修験者《しゅげんじゃ》を頼んで御祈禱《ごきとう》をしてもらったり、庭のお稲荷さんにお供物を捧げたり、ありとあらゆることを試みたが、一向に効き目はあらわれない様子であった。

その最中に、今度は横山町からさして遠くもない、日本橋米沢町で同じような怪異が起った。

深夜、家が鳴動して、家人がうろたえさわぐ中に、商売物の釘鉄や銅板が宙に飛び、落下した。

命からがら外へ逃げ出した奉公人たちが、暫くして、家の中に入ってみると、店の土間におびただしい釘や鉄材、銅板などの散らばっている中で、主人の加賀屋仁兵衛が頭から血を流して死んでいた。

その朝、東吾は八丁堀の兄の屋敷にいた。

兄の神林通之進は奉行所に出仕したあとで、ぼんやり、池で小浴びをしている雀を眺めている東吾のところへ用人が、

「畝源三郎が参って居ります」

と知らせに来たものである。

よく晴れて、陽はあたたかだが、気温は例年並みに下って、玄関の脇には霜柱が出来ている。

「どうしたんだ、源さん」

太刀を摑《つか》んで東吾が出てみると、畝源三郎はいささか着ぶくれた恰好で、陽だまりに立っている。

綿入れの羽織下を着せられているのだと、東吾は、すぐ気がついた。

数日前「かわせみ」で、るいから聞いたばかりであった。

「畝様の御新造様が、町廻りはさぞ寒かろうと、綿入れの羽織下をお作りになって、畝様にお着せしたそうでございます。畝様は嬉しくて、二、三日前の陽気の日も、お脱ぎにならず、汗をかきかき、町廻りを遊ばしていらしたとか、長助親分がお吉にいいつけたのですって……」

「八丁堀の旦那が、綿入れなんぞ着るようじゃ、おしまいだな」

「今年の冬は、御新造様のお心づくしで、畝様はさぞあたたかでいらっしゃいましょう」

「俺はいやだぜ。綿入れなんぞ、爺いの着るもんだ」

と東吾はうそぶいたのだが、確かに畝源三郎の恰好は伊達者ぞろいの八丁堀役人にしては、ひどく爺むさい。

だが、着ている当人は全く、そんなことは意に介さないようであった。

もっとも、畝源三郎という男は、独り者の頃からなりふりかまわないほうであった。

「東吾さんは、横山町の伊勢屋の怪異をごらんになったそうですね」

「みたといっても、嵐の吹きすぎたあとの様子だが……」

お吉がいったような、財布や小間物が宙をとんで行くのを眺めたわけではない。

「朝っぱらから申しわけありませんが、日本橋まで御同行願えませんか」

「また、伊勢屋か」

「今度は米沢町の加賀屋です」

米沢町三丁目の釘鉄銅物問屋だと源三郎は説明した。

「主人が、落下した鉄板の下になって歿りました」

「死んだのか」

「左様です」

「行ってみようぜ。源さん」

寒気の中を男二人は歩き出した。

米沢町というのは横山町の隣町で両国橋の手前の広小路に面している。

米沢町三丁目の加賀屋は大川沿いに店があった。

死人が出たこともあって、入口には綱を張り、町役人と岡っ引が、その前に立っている。

源六は、東吾の顔をみると、こわばった笑いを浮べた。

よりによって、源六の縄張りで二件目の怪事件である。

源三郎のあとについて店へ入り、東吾は息を呑んだ。

店中がおびただしい釘と鉄材、銅板の山になっている。その下敷きになったような恰好で男が倒れている。

源三郎が命じておいたのか、現場はそのままで、検屍《けんし》の医者も片すみにひかえている。

「こいつはひでえな」

ざっと死体をのぞいてみて、東吾は店から座敷へ上った。

そのあたりにも火鉢がひっくり返ったり、襖が倒れかかっていたりする。

棚の上のものは払いのけたように落ちているし、座布団の上に鉄瓶がのっていたり、箒《ほうき》が障子に突きささっていたり、どこもかしこも異様な有様であった。

「家の者は、どうしている」

と東吾が訊き、ついてきた源六が答えた。

「お内儀《かみ》さんのおようさんが半狂乱になっちまいまして、離れの部屋で休んでいますんで、そっちに奉公人を集めてあります」

加賀屋の離れはひっそりと障子が閉まっていた。

源六が外から声をかけると、片隅の障子が開いて三十五、六の男が出てきた。いわゆるのっぺり型ではないが、男前であった。がっしりした体格で背も高い。

「番頭の和助さんで……」

源六がいい、和助は縁側に膝を突いて、丁寧に挨拶をした。

「内儀《ないぎ》の具合はどうだ」

源三郎がいい、和助が沈痛な表情になった。

「何分にも、あのような不思議な出来事のあとに、旦那様が……」

障子の奥に遠慮して、声を小さくした。

「ただもう泣いてばかりおいでで、正体もございません」

東吾が和助をみた。

「お前は、ここの店に寝泊りしているのか」

「はい。十五の時から御奉公致して居りますので……」

「独り者か」

「はい」

「加賀屋の奉公人は何人、居る」

「大番頭の喜左衛門さんと手前と、他に手代の与之助、忠吉、小僧の三吉、孝助、あとは女中のおきみどん、およねどんで……」

「昨夜は、みんながこの家にいたのか」

「いいえ、大番頭さんは与之助をつれて、品川まで出かけて居りまして……忠吉は近くに親の家がありまして、通いでございますから」

「すると、昨夜ここにいたのは……」

「旦那様とお内儀さんと……奉公人では手前と小僧の三吉、それにおきみどんで……およねどんと孝助は、お内儀さんが近々、茶会をなさいますので、向島の別宅の掃除に出かけまして、昨夜はそっちに泊って居りました」

品川にも向島にも、各々、使をやって変事を知らせたので、やがて戻ってくるだろうといった。

そこへ、源六が小僧の三吉と女中のおきみをつれて来た。二人共、まだ、歯の根が合わないほど、慄え上っている。

「お前たちが昨夜寝ていた部屋を教えてくれ」

東吾がいい、先に店のほうへ歩き出したので、源六は慌てて三人に声をかけた。

みたところ、定廻りの旦那ではない侍が、あれこれ訊ねるので、和助は肝をつぶしたような顔をしている。

加賀屋では、店のすぐ奥の部屋に和助が、台所の隣の小部屋に女中二人、居間の隣に主人夫婦が寝起きし、裏の倉の二階に小僧と手代の与之助が泊っていた。

大番頭の喜左衛門は長谷川町に所帯を持っていて、普段は通いであった。

「するってえと、昨夜は店のほうに主人夫婦と和助とおきみ、倉の二階に三吉というわけだな」

東吾がいい、三人が神妙に頭を下げた。

「怪異が起ったのは、何刻頃だ」

和助が困惑したように、首をひねった。

「何分、ぐっすりねむって居りまして……」

地響きのような物音で目がさめたといった。

「地震と思いまして廊下へとび出しますと、旦那様とお内儀さんが居間から出て来られまして、お内儀さんがおきみと三吉を起すようにといわれましたんで、台所のほうへ参りました。なにしろまっ暗で……」

台所からおきみに声をかけ、這い出してくるのを引っ張って、裏の戸口を開けて、外へ出た。

「庭に、お内儀さんがおいでなすって、どこからともなく石がとんでくる、誰かが悪戯をしているのかも知れないと、旦那様がみに行ったとおっしゃいまして……手前は倉へ三吉を起しに行きました」

倉のほうは何事もなかったのか、寝ている三吉を叩きおこし、寝ぼけているのをどなりつけて外へ出て来た。

「なにしろ、上のほうから石が落ちて来て、危くて、じっとして居られません。みんなで逃げ廻りながら声をかけ合って居りまして、お内儀さんは旦那様が戻っていらっしゃらないので心配して家のほうへ行ってみるとおっしゃいまして、手前もついて参りました」

庭から、はずれている雨戸のところから上へあがって、

「店の入口あたりまで参りますと、まっ暗なところに、白い狐が、ぼんやり浮んで居りまして……お内儀さんは腰をぬかしたようになり、手前も死物狂いでお内儀さんを外へかつぎ出しました。あとはもう、なにがなにやら……」

夜がしらじらと明けて来てから、和助が三吉と台所へ入り、手燭をつけて店のほうまで行って、鉄板や釘袋の下敷きになっている主人の仁兵衛を発見した。

その仁兵衛は、検屍の結果、後頭部に骨が陥没するほどの傷があり、胸を鉄板で圧し潰されて死んだことがわかった。

「おそらく鉄の棒のようなものが飛んで来て、頭に当り、倒れたところへ鉄板が落ちて来て下敷きになったのでございましょうか」

すさまじい死体の有様に、医者も蒼《あお》ざめている。

和助は、その医者を離れへ案内してお内儀の様子を診《み》てもらい、出入りの鳶の連中と相談して、店の片付けやら、主人の通夜の仕度やらに、よろよろと走り廻っている。

東吾が台所をのぞくと、まだ放心したような三吉とおきみが近所の人がさし入れてくれた握り飯を食べている。

「お前は和助に起されたというが、それまで目がさめなかったのか」

おきみに訊ねると、

「いいえ、番頭さんの声をきく前に、大きな物音で目がさめました」

という。

「部屋がぐらぐら揺れるほどの音で、なにかが落ちたような……」

それも一回でなく連続して起ったような気がするといった。

「慌てて起きようと思ったら、足が縛ってあって……」

「足を縛る……」

「あたし、寝相が悪いので、三日前からお内儀さんにいわれて、寝る時、両脚を紐で結んでいたんです」

逆上しているので、紐はほどけず、起き上ったり、ひっくりかえったりしているところへ、和助が声をかけてくれたといった。

「石がとんできたというが……」

「そうです、庭でちぢこまっていると、どこからともなくとんで来て……なにしろ、夜で、まっくらで……その中に番頭さんが三吉さんを倉からひっぱって来て……」

「お前は白い狐をみたのか」

「みません。番頭さんが、そこを動くなといったので、三吉さんと倉の入口にしゃがんでいました」

三吉のほうは、おきみよりも、なにもわからず、寝入りばなを叩きおこされて、ただもう、ぼんやりして庭にすわり込んでいたらしい。

あとを町役人にまかせて、東吾は源三郎と加賀屋を出た。

「どうも、江戸に化け物がはやり出したな」

「狐のたたりですかね」

源三郎が苦笑して、

「どこかのお稲荷さんの祠を叩きこわした奴がいるんですよ」

「大方、そういう噂が広がるだろうな」

両国橋の近くの船宿から猪牙を出させて大川端へ帰って来た。

「かわせみ」で遅い午飯《ひるめし》に、熱い蕎麦をすすって、源三郎は奉行所へ戻って行った。

東吾のほうは、るいの部屋の炬燵に寝そべって、うつらうつらしている。

「加賀屋さんが狐のたたりだったら、伊勢屋さんもやっぱり、狐のせいなんでしょうか」

甘酒を運んで来たお吉が気味悪そうに訊く。

「伊勢屋のほうは、あれから、まだ怪異が続いてるようか」

と東吾。

「ええ、気になるんで、長助親分に訊いてもらっているんですけど、あたしが居合せた時ほど、ものすごいのはないそうで、それでも修験者を頼んで来てもらった時なんぞ、家中が、がたがた音を立てて、そりゃ怖かったっていいますよ」

「伊勢屋の主人は、どうなんだ、夫婦仲は睦まじいのか」

それには、るいが返事をした。

「長七さんは固い人だから……それに商売熱心だから、お内儀さんとの仲もうまく行っている筈ですよ」

夫婦の間には子供が三人いて、

「長七さんは子煩悩《こぼんのう》な人ですから……」

これといって、家の中に問題はないという。

「加賀屋のほうは、どうなんだろうな」

東吾がいったが、「かわせみ」の連中は加賀屋とは誰もつき合いがなくて、その内情を知らない。

「夫婦仲が悪いとお狐さんがたたりをするんですか」

お吉が真顔で訊き、東吾が笑った。

「その反対もあるだろうな、あんまり仲がよすぎると、お稲荷さんが焼餅をやく……」

「御冗談ばっかり……お吉が本気にしますよ」

るいがやんわり、たしなめているところへ嘉助がやって来た。

「源六親分が加賀屋の番頭さんを伴って来ましたが……」

東吾が帳場へ行ってみると、ぼつぼつ初老の年輩の男が、源六と並んで小座敷にひかえている。

「手前は加賀屋の番頭で喜左衛門と申します。この度はとんでもないことで……手前は品川へ用足しに出かけて居りまして命拾いを致しました」

という挨拶で、つい、東吾は破顔した。

「お前さんは通いで、夜は自分の家へ帰るのだろう。品川へ出かけなくとも、災難には遭《あ》わない筈だ」

「いえ、ですが、伊勢屋さんでは昼間に起って居りますから……」

ばかりで……」
「知っている段ではございません。隣町のことでございますし、あの界隈では、その話
お吉が茶菓子を運んで去ると、喜左衛門はすわり直した。
「実は、かようなことを御相談申す筋合ではございませんが、迂闊《うかつ》に世間様に知られて
は、歿った旦那様の恥になること、といって、先方のいい分を手前が握りつぶしてしま
うわけにも参りません。仕方なく源六親分に打ちあけましたところ、こちらへ申し上げ
てみたらといわれまして……」
「いったい、なんだ」
それでも口の重い喜左衛門に代って、源六が話した。
加賀屋仁兵衛には、他に囲っている女があるという。
「もとは深川の芸者をしていた女で、名はおてるさんといいますんで……」
仁兵衛が金を出して囲い者にしたのは、女に子供が出来たからで、
「仁太郎という坊っちゃんで、今年は、もう五つにおなりになりますんで……」
仁兵衛にそっくりの、なかなか愛らしい子供だといった。
「亭主に妾のあることを、女房は知っているんだろうな」
「御存じで……それで以前は口争いのようなこともございましたが、お内儀さんが折れ
て、この節は、あまり波風が立つことはございません」

ところで、仁兵衛と本妻のおようの間には子供がなかった。

「旦那様は、さきざきは仁太郎坊っちゃんを跡継ぎにとお考えだったと思いますが……」

昨夜の奇異な事件で、仁兵衛は死んだ。

「勿論、御遺言もなにもございません」

番頭が途方に暮れたのは、仁兵衛の急死を知った妾のおてるが、仁太郎と共に葬式に参列したいといって来たことで、

「お内儀さんに申し上げたところ、冗談ではないと叱られまして……おてるさんはともかく、坊っちゃんは旦那様のお血をひく、たった一人のお子で……ですが、お内儀さんは今後一切、加賀屋とかかわり合いは無用にするとおっしゃいます」

間に立って番頭は当惑している。

「加賀屋に、気のきいた親類はないのかい」

東吾が訊き、喜左衛門がうなだれた。

「お内儀さんには御親類がございますが、旦那様は一人っ子で……御先代からの御親類もあまりございませんので……」

本妻の親類は、本妻の肩を持つに決っている。

「そりゃあまずいな」

仁兵衛が遺言もなにも残していないとなると、おてる母子は追い出される。

「ところで、亭主に妾がいて、女房のほうはなんにもないのか、役者狂いをすると
か……」

「お内儀さんに限って、左様なことはございません。お若い時から茶の湯のお稽古をな
すっていらっしゃいますが、そちらのお仲間も皆さん、女の方ばかりでございまして、
よく向島の別宅で、茶会をなさるぐらいが、おたのしみのようで……」

「男狂いもせずに、茶の湯三昧《ざんまい》か」

「左様でございます」

「そりゃあ、たいしたものだな」

喜左衛門の相談には返事をせず、東吾は妾のおてるの住いを訊ねた。

深川の門前仲町で、長助の長寿庵とそう遠くもない。

「まあ、暫く、様子をみることだ。その中には、お内儀の気が変るかも知れない」

無責任なことをいって喜左衛門と源六を帰してから、東吾は深川へ出かけた。

長寿庵へ行き、長助にわけを話すと、流石に餅は餅屋で、加賀屋の妾が近くに囲われ
ているのをちゃんと知っていた。

「仁兵衛の旦那は、始終、子供の顔をみに来ていましたよ。この辺では、知らない者が
ないくらいで……」

「本気で、仁兵衛はおてるに惚れていたのか」

「子供が出来たくらいですから……おてるというのは少々、気が強いが、心がけのいい

女でございますんで……」

長助の案内で、東吾は門前仲町のおてるの家へ行ってみた。

黒板塀に見越しの松という、お定まりの妾宅である。

おてるは目を泣き腫らしていた。

仏壇には線香が上っている。

「仁兵衛の女房は、お前も仁太郎も加賀屋の敷居はまたがせないといっているが……」

東吾が切り出したとたんに、おてるが涙声で訴えた。

「旦那は、あの女に殺されたんです。それに間違いありません」

「どうして、おようが亭主を殺すんだ」

流石に口ごもったおてるへいった。

「ひょっとして、おようと和助は出来ているんじゃないのか」

おてるが目を丸くした。

「お上が、お調べになったんですか」

「仁兵衛は、女房と和助が出来ているのを知っていたのか」

「つい先だって、現場をおさえたといっていいました。前からおかしいっていい続けていたんです。現場をおさえたら、お内儀さんを離縁して、あたしを店へ入れてくれると……」

「仁兵衛が不義の現場をおさえたのは、いつのことだ」

「あたしに話をしてくれたのは、一昨日のことでした」

自分のほうにも妾に子を産ませているという落度があるから、ただ、叩き出すわけには行かない。充分な手当を与えて、暇を出すと仁兵衛は、おてるに話して行ったという。

「若先生、どうして、加賀屋の内儀さんが番頭と出来ているとおわかりなすったんで」

長寿庵へ戻って来て、長助が訊いた。

「俺の勘さ」

昨夜、加賀屋にいたのは仁兵衛夫婦と和助、女中のおきみに、小僧の三吉の五人だけであった。

「もしも、おようと和助がぐるなら、あのさわぎは仕組めると思ったんだ」

二人が共謀して仁兵衛を殺し、店に積んである鉄棒や銅板を叩き落して大さわぎをする。

「女中は物音で目をさましたが、足をくって寝ていたから、慌てふためいて、よけいに逆上したろう。小僧のほうはまだ子供で寝入りばなをおこされて、半分寝ぼけている。和助とおようで、どうにでも出来るさ」

八丁堀へ戻って、東吾は畝源三郎にその話をした。

「おようと和助は不義の現場を仁兵衛に押えられて、二人共、暇を出されるところだった。仁兵衛が死ねば、加賀屋は二人で、どうとも出来る。それで、伊勢屋の怪異を真似て、一芝居打ったんだ」

「おっしゃる通りだと思いますが、証拠がありませんね」

「源さん、気のきいた祈禱師を知らないか、もったいぶった、芝居っ気のある奴がいい」

「心当りのないこともありませんが……」

東吾が源三郎にささやいて、翌日、畝源三郎は一人の修験者を伴って、葬式の準備にごったがえしている加賀屋へ行った。

三

「東吾さんの前ですが、これほど上手く、ことが運ぶとは思いませんでしたよ」

一件落着しての夜、場所は大川端の「かわせみ」のるいの居間で、畝源三郎は寄せ鍋を前にして、二、三杯の酒で真っ赤な顔になっていた。

聞き手は東吾とるいと、お吉。

「手前のつれて行った修験者が、良海という名前の、けっこう芝居っ気のある奴でしたが、仁兵衛の棺の前の祭壇に向って呪文を唱えましてね、その中に、仁兵衛の亡霊が良海にのり移って、およう と和助が自分を殺害したと、おどろおどろしく訴えたわけです」

まず和助が怖れおののいて白状し、続いておようも泣き泣き、罪を告白した。

「なにもかも、東吾さんがおっしゃった通りで、二人は仁兵衛に現場を押えられた時から仁兵衛殺しの相談をし、準備を進めたそうです」

うまい具合に番頭の喜左衛門が手代の与之助を供にして品川へ商用に出かけた日に、おようは向島の茶会のためと称して、女中一人、小僧一人を追い払った。

「少人数のほうが、ぼろを出さないと思ったのですな」

お燗番をしながら、土鍋に鱈《たら》だの蛤《はまぐり》だのを足していたお吉が訊いた。

「加賀屋のことはわかりましたけど、伊勢屋さんのほうはどうなんですか。まさか、あれも、いかさまだなんて……」

自分の目の前で財布や煙草入れが宙に浮んだのだからと、お吉は躍起になっている。

「その件についても、御報告があります」

箸を動かしながら、源三郎がいった。

「伊勢屋にお梅という女中がいたのを御存じですか」

るいのお酌で飲んでいた東吾が、うっかり答えた。

「おぼえているさ。山出しだが、ちょっとかわいい娘だろう」

「お梅は池袋村から女中に来たそうですよ」

豊島郡の池袋村であった。

「どなたかさんも、なかなかかわいいとおっしゃいましたが、伊勢屋の主人もそう思ったらしくて、この正月に、酔ったはずみでお梅に手をつけたそうです」

お吉が大声で叫んだ。

「それじゃ、お梅さんが旦那を怨んで……」

源三郎が笑った。

「いや、お梅は怨んでいません。むしろ、長七旦那を好いています」

「それなら、おかみさんがそのことを知って……」

「伊勢屋の内儀は、今でも、亭主とお梅の件を知りません」

盃の酒を気持よさそうに干して源三郎が続けた。

「はっきりしているのは、伊勢屋長七がお梅に暇を出したことです。けっこう沢山の金を持たせてやったようですが……、とにかく、お梅が暇をとったとたんに、伊勢屋では何事もおこらなくなったそうですよ」

るいが東吾の顔をみた。

「そういえば、ずっと以前に、池袋村とか池尻村の女を召使にしないほうがいいと聞いたことがございます」

「そうでしょう」

源三郎が鼻をうごめかした。

「手前も、奉行所のお記録を調べてみたのですが、三年前の春、小日向の旗本の屋敷で伊勢屋と同じような出来事があったと書かれています」

池袋村の百姓の娘でお千代というのが奉公に来ていたが、容貌が愛らしかったのか、主人が手をつけてしまった。怪異は、それから起りはじめて、

「屋根と雨戸に石を打ちつける音がしたり、空から石が降って来て、家の者が怪我をしたり、夜中に雨戸がはずれたり、そのため、修験者を呼んでお祓《はら》いをさせたところ、家中の道具類が宙をとんで、釜の下で燃えていた薪までが、空中で踊り狂ったりしたそうです。で、占いの名人を呼んで占ってもらったところ、池袋から来た女があやしいといわれて、暇を出したら、その女が門の外へ出たとたんに怪異はぴたりとやんで、二度と不思議なことは起らなかったんだそうです」

「いったい、なんだって、そんな馬鹿な……」

「奉行所のお調べには、その占い師のいったことが書いてあるのですが、それによると、その下女は霊狐を操る一族の血筋の者で、本来は秩父の方に多いそうですが、豊島の池袋村あたりにも移り住んでいるようだと……、まあ、占い師の申すことですから、どこまであてに出来ますか」

寄せ鍋をたらふく食べて酒を飲み、源三郎が帰ってから、東吾は酔いざましに庭へ下りてみた。

冬空に天の川が白く流れている。

「本当なのでしょうか、畝様のおっしゃったこと……」

どこやら不気味そうに、袂《たもと》で胸を抱いて、るいが縁側に出る。

「俺にも、よくはわからないが、とにかく、お吉は財布の飛ぶのをみたというんだし、世の中には人間の智恵も力も及ばねえことが、いくらもあるんだからなあ」

「もう、お部屋へ上って下さいな。もしも、空から石が落ちて来たら大変ですから……」

ひっそりと鎮まりかえった夜であった。

大川を行く舟も、冬の夜更けは絶えている。

「るい……」

東吾が庭から呼んだ。

「みてみろよ。天から星が降って来そうな夜空だぜ」

満天に砂子《すなご》をまき散らしたような星空は、手をのばせば届きそうな近さでまたたいていた。

閻魔《えんま》まいり

一

浅草寺《せんそうじ》境内にある閻魔堂は、正月十六日と七月十六日が縁日であった。

とりわけ、正月の初閻魔はやぶ入りと重なって参詣人の数が多い。

この日は地獄の獄卒が地獄責めを休む日とか、或いは地獄の釜の蓋のあく日だとかいうが、閻魔堂の中には、「そうずかの婆さん」と呼ばれて、庶民に親しまれている三途《さんず》の川《かわ》の奪衣婆《だつえば》が川を渡ろうとする亡者《もうじゃ》の衣類をはぎ取っている絵だの、針の山だの、血の池だので、亡者が赤鬼、青鬼に責められている有様だの、おどろおどろとした地獄変相図が飾られて、怖いものみたさの閻魔まいりの人々で賑わった。

もっとも、三途川の奪衣婆は「浅草の婆之尊」とも呼ばれて、子供の健やかな成長を願うならば人形と銭と米を入れた袋を供えるとよいといわれて、信仰の対象にもなっていた。

なんにせよ、朝の中《うち》から押すな押すなの人の出で、堂内は線香の煙と、地獄図に悲鳴をあげる女子供の声でごった返していた。

で、その叫び声を耳にした堂守《どうもり》も、てっきり地獄絵に恐怖した若い女が大仰にさわいでいるとばかり思っていた。

仰天したのは、群衆の流れに逆らって、よろよろと一人の娘が歩き出し、ばったり倒れたからであった。

流石にそのあたりの人々が大声をあげ、娘のまわりを取り囲む。

「血だ」

という声が上った。

娘を抱き起そうとした男の手に、ぬるぬるしたものが触ったらしい。

新しい悲鳴が起り、我さきにと逃げ出す者もある。

堂守が、人々の近くにいた鳶《とび》の若い者を呼んで、娘を外にかつぎ出した。

帯の下、ちょうど腰のあたりから晴れ着が鋭利な刃物で切り裂かれて、そのきっさきが肌にまで達したらしい。

「お民ちゃん」

娘の声がかけよって来た。そのあとからまっ青になった若い男が一人、二人。

鳶の若い衆が、その一人を識《し》っていた。

「お前さんは湊屋の弥助さん……」

怪我人は、すぐ近くの薬師堂の座敷へ運ばれた。

知らせで医者がかけつけてくる。

出血の割には、傷は浅かった。娘が気を失ったのは、むしろ、恐怖のためのようである。

「つい、この正月にも似たようなことがございましたよ」

医者がいい出した。

上野の広小路に近いところで、大黒舞を見物していた群衆の中の娘が、同じように晴れ着を切られて怪我をした。

変質者の仕業だろうが、

「どうも、いやなことがはやり出しましたようで……」

この医者が手がけたのは、これが二件目だが、諸方に同じような事件があったと聞いている。

浅草寺の閻魔堂で晴れ着を切られて怪我をした娘は、お民といって十八歳、日本橋堀留町一丁目の煙草問屋、湊屋仁左衛門の姪に当り、仁左衛門の娘のお駒と、湊屋の手代の弥助、小僧の仙吉と四人で、閻魔まいりに来て、災難にあったものである。

「閻魔堂へ入るまでは四人一緒でしたけれど、中で押されている中に、はなればなれになって……あたしは十王の絵のところにいた時、腰のあたりにおかしな感じがしたので、手をやってみたら、血がついて……あとはなにがなんだか……」

　まだ恐怖のさめやらないお民がおぼえているのは、それくらいのもので、犯人の顔もみていない。

　お駒は、お民よりも先のほうにいて、弥助と仙吉は、

「お嬢さんとはなれては大変だとひとかたまりになっていました。お民さんも、すぐあとについて来たと思っていたのですが……お堂の中は線香の煙がもうもうとして、人の顔もよくみえなかったくらいなので……」

　さわぎが起っても、暫くは被害者がお民だとは思わなかったという。

　調べに当った町方では、一応、お民に対する怨恨の線も洗ってみたが、

「お民ちゃんのおっ母さんのお恒《つね》さんという人は、湊屋仁左衛門さんの妹に当る人ですが、生れつき、体が弱く、嫁にいって三年目に生れたばかりのお民さんをつれて、婚家を離縁になっています。それ以来、湊屋の厄介になっていて、今は、小梅のほうの別宅で養生していまして、お民ちゃんは子供の頃から仁左衛門さんの娘のお駒ちゃんと姉妹のように育てられて来ましたんで……」

　という事情以外に、これといって色恋の話も出て来ない。

　お民とお駒は同い年で、従姉妹《いとこ》だけに容貌は、どこか似たところがあるが、お駒が明るく、陽気な娘なのに対して、お民は多少、内気で翳《かげ》がある。それはまあ、両親そろってのびのびと育った娘と、病身の母親だけで暮して来た育ちのせいといえないこともな

かった。

が、どっちも、それなりに愛らしい堀留小町と呼ばれる美人であった。

「春先になると、おかしな奴が出てくるからな、るいも、うっかり盛り場なんぞ、出歩かないほうがいいぞ」

例によって、大川端の「かわせみ」のるいの居間で鴨鍋で一杯やりながら、東吾が畝源三郎から聞いたばかりの初閻魔の日の出来事を話した。

「犯人は、男でしょうかねえ」

鍋に鴨を足していたお吉がいい出した。

「若い女の尻なんぞ、ねらうのは男にきまっているだろう」

「殿方は、すぐそういうふうにお考えになりますけれど、お尻《いど》を切られたのは、刃物が下まで通ったからで、ねらったのは晴れ着じゃないんでしょうか」

「女が、なんで、着物を切るんだ」

「ねたましいからですよ。お正月だっていうのに、晴れ着一枚、買うことも出来ない女が、つい、むらむらと、きれいに着飾っている女をねらって……」

「驚いたな。女ってのは着物が買えねえと、他人の着物を切り裂きたくなるのかい」

「全部の女が、そうだってわけじゃありませんが、でも、女にはそういうねたみ心ってのがあると思いますよ」

「それにしたって、縁もゆかりもない女の着物だぜ」

「かあっとなっちまうと、そこらの見境いがつかないのが女ですから……」

「おっかねえな」

るいが笑い出した。

「お吉がいうようなこともあるかも知れませんが、でも、やはり、今度のことは女の仕業ではありますまい、刃物を持ち出すというのは、男の人のすることですよ」

やぶ入りは、奉公人にとって年に二日の休日であった。

働いている店から暇をもらって、実家へ帰るのだが、江戸の商家で働いている者が、だんだん、地方の出身者になっている。

「近在でもなければ、おいそれと親の許《もと》に帰れもしませんでしょう」

仲間はみんな実家へ戻って、親兄弟に会えるのに、自分だけは馴れない江戸の町で休みの一日を暮すことになる。そういう鬱屈《うっくつ》したものが、若い女の晴れ着に悪戯《いたずら》をするなどという行為につながりはしないかと、るいはいった。

「源さんは、案外、いい年をした男ではないかといっていたよ。仕事がうまく行っていなかったり、家の中にごたごたがあったりして苛々している中年男ではないかという意見なんだ」

「まるで、畝の旦那は、ご自分でおぼえがおありみたいじゃありませんか」

お吉が笑い出して、その夜の「かわせみ」は賑やかに夜が更けた。

だが、それから五日ばかりして「かわせみ」の表に町駕籠が着いた。

駕籠脇について来たのは、深川の長寿庵の主人で、お上のお手先をつとめている長助で、下り立ったのは、如何にも病身らしい四十すぎの女であった。

「こちらは日本橋堀留町の湊屋の旦那の妹さんでお恒さんとおっしゃいますんですが、折入ってと、あっしが相談を受けたことがございます。が、どうにも、あっしの手には負えそうもねえんで、ひとつ、若先生のお智恵を拝借出来ねえものかと……」

まさか、八丁堀の神林家を訪ねるわけにも行かず、とりあえず「かわせみ」へやって来たという。

「畝の旦那にともいったんですが、お恒さんが、どうも町方の旦那には、いいたくねえようなんでして……」

長助の話を聞いた老番頭の嘉助は、勿論、初閻魔での事件を知っていたから、堀留町の湊屋ときいて、ぴんと来た。

二人を待たせておいて、るいに取り次ぐと、

「でしたら、あたしがお相手をしていますから、東吾様をお呼びして来て下さい」

いそいそと帳場へ出て来た。

とりあえず、あいている客間にお恒を案内しておいて、嘉助が八丁堀へ行く。幸い、東吾は屋敷にいて、嘉助と共に「かわせみ」へやって来た。

冬の陽の、よくさし込む梅の間で、お恒はるいと向い合っていたが、入って来た東吾をみると、座布団を下りて、挨拶をした。

「長助親分から、こちら様のことをうかがいまして、もし、お力になって頂けたらと、不躾《ぶしつけ》をかえりみず、参上いたしました」

低い声でいい、深く頭を下げた。

みたところ、着ているものも、髪の道具も裕福な商家の内儀風で、婚家を離縁になって兄の厄介になっているというお恒の立場を考えると、これは、兄の湊屋仁左衛門が、不幸な妹に対して、経済的に不自由をさせていないに違いないと、東吾は推測した。

「俺で、力になれることならいいが……」

無造作《むぞうさ》にあぐらをかいて、東吾はるいをみた。

どうやら、女同士、東吾がここへ来るまでに、お恒から大方の話は聞いているようだと察したからである。

「あの……この前、十六日の閻魔まいりの日に、浅草寺の閻魔堂で災難にお遭いなすったお民さんとおっしゃる方は、こちらの娘さんなのだそうでございます」

るいがきっかけを作り、お恒がそのあとを続けた。

「古い恥をお話し申すようでございますが、私、十七の年に目黒村の大百姓で市村と申す家へ嫁ぎ、お民を産みましたが、そのあと、胸を患いまして、婚家を不縁になり、お民を伴《つ》れて、実家に戻りました。今も、小梅の兄の別宅で養生を致して居ります」

病状はそう重くはなく、旨いものを食べて、ぶらぶらしていればよいという贅沢なものだが、

「病気が病気なので、お医者の勧めもあり、娘のお民は兄のほうであずかってくれまして、堀留町で暮して居ります」

兄夫婦はお民を可愛がってくれて、実の娘と同様に面倒をみてくれているので、なんの心配もないのだが、たまたま、初閻魔に出かけたお民が晴れ着を切られて怪我をした。

「びっくり致しまして、すぐ、見舞にも参りましたのですけれど、幸い、傷は軽くて……」

安心して小梅へ戻っていたところ、昨日、娘のお民が訪ねて来たという。

「お民が申しますには、自分はどうも、お駒ちゃんと間違えられたのではないか、と……」

仁左衛門の一人娘である。

「親の目からみては、二人が似ているようには思いませんが、年も同じ、子供の頃から一緒に育って居りますので、世間様は姉妹のように似ているとおっしゃる方もございます」

「待て……」

東吾が、お恒の話を止めて訊ねた。

「お民が、お駒と間違えられたと申すのは、お駒には、そうした怨みを受ける理由があるというのか」

これまでの町方の推量では、犯人は行きずりの者ということになっているが、お民をお駒と間違えて、となれば、当然、犯人のあてがあることになる。

お恒が小さくうなずいた。

「ただ、お民も、その理由については、口をつぐんで居りまして……私が重ねて訊ねますと、お駒ちゃんは派手な人だから、自分では知らない中に罪つくりをしているようだとばかり……」

「お駒を怨む者があると申すのだな」

「どうしたものでございましょう」

お恒は眉をひそめて訴えた。

「私の口から、兄に申すのは容易なことでございますが、兄夫婦にしても、決していい気持はいたしますまい。一生、兄の厄介になる私の立場ではいいにくいことでございます。といって、黙っていて、もしも、お駒の身になにかございましては、とりかえしがつきません」

思いあぐねて、顔見知りの長助に相談したのだといった。

「お恒さんは信心深い人で、よく深川のお不動様へおまいりにみえますんで、その帰り道、あっしの所で蕎麦を食べて行きなさるもんですから……」

それも病気持ちだからと必ず、お供の女中がどんぶり鉢を持ってくるという気の遣い方をするという。

「お医者は、もう、そんな要心をすることはねえといってなさるそうですし、あっしのほうも、どんぶりは熱い湯につけてよく洗っていますから、心配することはねえと申していいるんですが……」

そういう点が、お恒の性分らしい。

「話はよくわかった。お民の口から出たということではなく、世間の噂と申して、それとなく、湊屋に訊ねてみよう」

東吾が受け合って、やがて、お恒は帰って行った。

「こりゃ、やっぱり、源さんに頼まなけりゃならねえな」

東吾は、嘉助を八丁堀へ使に出して、畝源三郎の女房に伝言をさせた。

町廻りから帰って来たら、「かわせみ」まで来てくれるようにというものである。

「どっちみち、源さんの来るのは、夜になってからだろう。その前に、ちょっと出かけてみるか」

まだ陽は高い。

東吾は長助を供につれて、るいを誘って日本橋まで出かけることにした。

堀留町は日本橋の北。大川から引いた掘割が江戸橋を通って、北へのびた突き当りの辺で、一丁目、二丁目共に商家が軒をつらねている。

煙草問屋、湊屋仁左衛門の店は間口も広く、なかなか繁昌しているらしく、人の出入りに活気があった。

この一帯は問屋が多いが、少し先のほうに茶店があって、甘酒や団子などを売っている。

東吾がそこへ入ったので、るいと長助も慌てて、後に続いた。

先客は若い女ばかりで、稽古事の帰りでもあろうか、似たような風呂敷包を脇においていて、あんころ餅を食べている。

こちらは甘酒を三人前、註文して、るいが東吾の目くばせで、お茶を運んで来たこの店の女房に声をかけた。

「つかぬことをうかがいますが、その先の湊屋さんには、大層、おきれいなお嬢さんがおいでだとか……」

女房がうなずいた。

「ええ、お駒ちゃんですか」

「御姉妹が、おありとか」

「いえ……」

女房が話し続けようとした時に、別の客が入って来た。問屋町に用足しに来たらしいのが、ぞろぞろと奥の小座敷へ上っている。

東吾が、近くにいた娘たちに声をかけた。

「お前たちは、この近くか」

侍に話しかけられて、娘たちは緊張したが、みたところ、女連れ、それに、のんびりした東吾の様子に気を許したのか、一番、おちゃっぴいと思われるのが返事をした。

「ええ、そうです」

「それじゃ、湊屋の娘とも友達か」

「お駒ちゃんとは、お琴の稽古が一緒です」

「もう一人、いるだろう。なんといったかな、湊屋の娘で……」

「お民ちゃんですか。あの人は、お駒ちゃんのいとこで姉妹じゃありませんよ」

「その子は、琴の稽古に来てないのか」

「最初は来てたんですけど、やめたんです」

「どうして……」

「あの人は、なにやっても長続きしないから……」

別の娘がいった。

「何故、長続きしないんだ」

「よくわからないけど……自分が下手だといやみたい……」

「不器用なのか」

「そうでもないですけど……」

るいが、口をはさんだ。

「自分が、みんなより上手に出来ないと面白くないってことかしら」

娘たちが顔を見合せた。

「お民ちゃんはまけずぎらいだから……」

「気が強いんだな」

と、東吾。

「まあ、そうです」

「お駒のほうはどうだ」

「お前たち、お駒とお民と、どっちがつき合いいい」

「そりゃ、お駒ちゃんですよ。なんてったって、明るいし、気がおけないし……」

甘酒が運ばれて、るいが、茶店の女房にいった。

「こちらの皆さんにも、よろしかったら……」

甘酒でもなんでもさし上げてくれといった。

娘たちは、はにかんだが、商家の娘は屈託がなかった。

「それじゃ、頂きます」

と素直にお辞儀をする。

「お駒ちゃんか、お民ちゃんに縁談なんですか」

そっと訊いたのは、最初に東吾に口をきいた、おちゃっぴいである。

「ええ、私どもの知り合いが、湊屋の娘さんを見初《みそ》めてね」

るいが苦笑してみせた。

「お駒ちゃんでしょう」

と一人がいい、もう一人が続けた。

「きまってるじゃない」

るいが小首をかしげた。

「どうしてなの。お民さんは、もう決った人でも、おありなの」

「お民ちゃんの縁談なんですか」

意外そうであった。

「お民さんって方も、きれいな娘さんなのでしょう」

「きれいはきれいだけども……」

娘たちが再度、顔を見合せた。流石に、それ以上は口にしない。甘酒を御馳走になって娘たちが出て行くと、茶店の女房が訊いた。

「湊屋のお民ちゃんに縁談って、本当ですか」

東吾が、替った。

「いや、それが、どっちの娘か、よくわからないのだが……」

見初めた当人が、ただ、湊屋の娘としか知らないのだと弁解した。

「それじゃ、おそらく、お駒ちゃんでしょうけれど、あの人は、もう、決っていますよ」

「許嫁《いいなずけ》があるのか」

「幼なじみなんですよ。すぐそこの、二丁目の煙草問屋で和泉屋さんという、そこの若旦那で源八さんというのが、お聟さんです」

親同士も認めた間柄で、そう遠くない中に祝言するという噂だと話した。

「お民さんのほうはどうなんですか」

るいが訊いた。

「さあ、湊屋さんでもお駒ちゃんと同い年だから気にしているようですけど、まだ、決ってないみたいですね」

新しい客が入って来たのをきっかけに、東吾が席を立った。るいは茶代を余分においで、あとから店を出る。

「あれが、お駒じゃありませんか」

湊屋の前を通った時、長助がささやいた。

黄八丈に赤い帯を締めた娘が、店先で若い男と話をしている。暗い店に、そこだけ花が咲いたような、明るい雰囲気が、如何にも看板娘といった按配であった。

二

中二日おいて、畝源三郎が東吾のところへやって来た。

「一応、湊屋を当ってみたのですが……」

お民の怪我は、もうすっかり回復していると、まず報告した。

「お民が、お駒と間違えられたという説ですが、湊屋で訊く限り、お駒を怨む者はなさそうで、当人も両親も心当りはないと申しています」

ただ、お駒のような華やかで、愛くるしい娘はどこで罪つくりをしているか知れないと源三郎は笑った。

「早い話が、湊屋で訊いたところ、お駒は、五月に同じ堀留町二丁目の煙草問屋、和泉屋の次男を聟に迎えるそうで、それが知れてから、やけ酒を飲む者があの町内でも、かなりいるということです」

それだけ、ひそかにお駒に惚れていた男が多かったということで、

「また、お駒は気さくな性格で、誰とでも、気やすく口をきいたそうですから、案外、そんなあたりに、片想いの怨みを買っているかも知れません」

「しかし、だからといって、閻魔まいりの人ごみにまぎれて、晴れ着を切り裂くようなことをするかな」

「一応、供について行った二人も調べてみたのですが、どちらも、さわぎが起った時、お駒の傍についていて、それはお駒も間違いないといっています」

それに、店からついて行った手代と小僧が、二人を間違えることは、まず考えられない。

「お駒は藤紫の友禅の着物で、お民は紺の縞の着物に赤い綿入れの羽織だったそうで……」

源三郎の言葉に、ふと、東吾が考え込んだ。

「お駒が友禅で、お民が縞の着物というと木綿物か……」

「おそらく、そうでしょう」

「差があるな」

友禅の晴れ着と、縞の木綿物であった。

着物からいえば、お嬢さんと女中であろう。

「湊屋では、お民を我が娘と同様に扱っているというが……」

「手前も、そのように聞いています」

「湊屋の出入りの呉服屋を調べさせてくれ」

源三郎の町廻りの供をしている小者の伝八というのが心得て出かけて行き、間もなく、

「本町通りの近江屋吉兵衛だそうでございます」

と知らせて来た。

直ちに、東吾と源三郎は本町通りの近江屋へ出むいた。

主人の吉兵衛は六十をすぎていて、商売柄、人当りのいい、もの柔らかな男であった。

その主人をはじめとして、番頭、手代、小僧に至るまでが、京言葉であった。

京呉服を商う店は、江戸のどまん中に店があっても京言葉で商いをする。つまり、奉公人もことごとく、京から呼んでいるのが、一流の呉服店の条件であった。

　呉服店　人も上方仕入なり
番頭が江戸言葉では下卑る也

などと江戸川柳にもみえるように、江戸言葉では、商う品物にふさわしくないということでもあった。

「堀留町の湊屋はんの係は、番頭の新之助でおます」

主人が手を叩いて、番頭の一人を呼んだ。

番頭といっても、年は三十そこそこで、これも物腰の柔かな美男である。

「お呼びどすか」

と女のように、しなを作ってお辞儀をする。

「湊屋では、娘のお駒の呉服を求める時とお民のものを求める時と、どのように違うか」

源三郎の問いに、新之助が答えた。

「必ず、御一緒に御註文をうけたまわりますが……」

むかしから正月の晴れ着はもとより、季節ごとに着物を新調する時は、お駒に一枚買えば、お民にも一枚と、わけへだてはないといった。

「品物はどうなのか」

たとえば、お駒には高価な友禅、お民には木綿物ということはないかと訊いたのに対し、番頭は少々、困った顔をした。

「以前は、どちらにも同じような品物を、お内儀さんがおえらびでございました。それが、二、三年前から、お民嬢はんが、うちには友禅は似合わんいいはりまして、伊勢縞やら、木綿の格子柄やらをお好みなさいます。それですよってに、お民嬢はんには木綿物の他に友禅を、嫁入り仕度やとお求め下さいますが、一向に着てくれはらしまへん。いつも、木綿物ばかりで……」

「お民には友禅が似合わないのか」

「そないなことはあらしまへん。やはりお年頃ですよってに……」

「お駒は、どうなのか」

「そらもう、お駒嬢はんは、ああいうお方でございますよってに、派手なもんがようお似合いになります。そらもう、お見立て甲斐のあるお方です」

「しかし、二人の娘は似ているのではないのか」

たまりかねて、東吾が訊いた。

「それは、お血の続いているお従姉妹さんでございますから、似てはります。けど、雰囲気いうもんが、まるで違うてはりますよってに……」

同じ友禅でも、お駒に似合うほどには、お民には似合わないことも、たしかにあるといった。

「どうも、お民という娘に会ってみたくなったな」

近江屋を出て、東吾がいい、源三郎が笑った。

「では、寄ってみますか」

町廻りとしては異例だが、寄る口実がないわけではない。

湊屋は、ぼつぼつ一日の商売を終える時刻であった。

仁左衛門は店先で入荷したばかりの煙草の葉を調べていたが、畝源三郎の姿をみると丁寧に挨拶をした。

「その後、お民の様子はどうか」

訊ねながら、源三郎が少々、うっとうしい顔をしているのは、晴れ着を切り裂き、お民に怪我をさせた犯人が、まだ挙がっていないからで、あれ以来、似たような事件は起っていないが、いつ又、同じような被害者が出るのではないかと、心がかりでもあったからだ。

奥から、お茶を運んで若い女が出て来た。

赤い格子縞に、半幅帯を締め、友禅の残り布で作ったらしい前掛をかけている。

身なりは質素だが、なかなか可愛い娘であった。十八というにしては、体つきは子供子供している。手足が細く、痩せて、小柄なせいか、よくみると目鼻立ちのととのった美人なのに、華やかさに欠けていた。だが、

「おいでなさいまし」

という声は、はっきりしているし、利口そうな顔立ちでもある。

「少々、お民に訊ねたいことがある。手間はとらさぬので、この場を借りたいが……」

源三郎がいい、仁左衛門は承知して番頭や小僧を去らせ、自分も奥へ遠慮をした。

お民は不安そうな様子で、体を固くしている。

源三郎が東吾をみ、東吾が訊ねた。

「実は、お前の母親が案じているのだが、この前の閻魔まいりの折のお前の災難は、お前をお駒と間違えてのことではないかというのだが……」

お民が顔を上げた。

「申しわけございません。それは、あたしがおっ母さんにいったからなんです」

「なにか、心当りがあるのか」

お民は、ちょっと考えているふうだったが、

「いいえ」

とかぶりを振る。

「かくすことはない。思い当ることがあるなら、かまわずいいなさい」

「いいえ、一度は、そんな気がしたのです。でも、よく考えてみると、あたしとお駒ちゃんは着ているものも違いますし、間違える筈はないと思います」

「しかし、堂内は煙がこもって、人の顔もよくみえなかったのではないのか」

「はい、でも……近づけば着物の色ぐらいはわかりますから……」

「では訊くが、一度は、自分をお駒と間違えたのではないかと思ったという理由はなんだ」

「それは……お駒ちゃんはあの通り可愛らしくて、きれいですから、片想いの人も沢山います。それでなんとなく……」

「お前の知っている男の中で、一番、お駒に惚れていたのは誰だと思う」

「それは知りません。第一、あたしはお駒ちゃんが誰と親しくしていたのかも、よく、わからないのです」

「一緒に暮していて、そんな話はしないのか」

「しません。あたしも訊かないし、お駒ちゃんも話すのは、和泉屋の源八さんのことぐらいで……」

「近所の話だと、お前は稽古事も長続きしないし、着るものも、お駒と同じようなものを買ってやっても、わざと木綿物を着ているというが……」

お民はうつむいて、悲しい顔になった。

「稽古事をやめてしまうのは、あたしの立場を考えてです。伯父さんも伯母さんも、それはよくしてくれますが、あたしは自分がこの家のお嬢さんでないことぐらい、承知しています。おっ母さんのことも考えれば、少しでも、自分が働いて、この家の厄介にならないようにしたいと思いますし、とても、のんきらしく、琴や三味線を習っている気にはなれません。着るものにしても、身分相応にしたいと思っているからです。第一、あたしに派手な着物は似合いませんから……」

今にも泣き出しそうな娘に、東吾はそれ以上、訊ねる気持がなくなった。

たしかに、お民のいうのは、もっともであった。

湊屋の仁左衛門夫婦が優しければ優しいだけに、若い娘は心に重荷を背負っているのかも知れないと思う。

「すまなかった。傷も軽くすんだそうだが、いやなことは早く忘れて、幸せになってくれ」

源三郎をうながして、湊屋を出ると、お駒が若い男と連れ立って帰ってくるのに出会った。町方役人が自分の家から出てくるのをみて、驚いたように頭を下げる。

「お駒と一緒にいたのが、和泉屋源八ですよ」

歩き出してから、源三郎がそっと教えた。

「美男美女というところだな」

「似合いの夫婦が出来ることでしょう」

八丁堀へ帰る源三郎と別れて、東吾は「かわせみ」へ行った。

「お民に会って来たんだが、どうも世間の噂なんてものは、あてにならねえな」

帳場に出ていたるいにいった。

「どんな娘さんでしたの」

いそいそと東吾の太刀を受け取りながら、るいが訊く。

「いい娘だよ。小柄で憂《うれ》い顔だから、陰気にみえるのかも知れないが、しっかりした、心がけのいい娘だ。世間の奴らは案外、目がないんだな、派手で陽気なら、なんでもいいと思っていやがる」

「随分、お気に召したんですのね」

居間へ向いながら、るいがすねた。

「十七、八の娘さんをごらんになったあとで、るいのようなお婆さんでは、さぞ、お気が滅入られることでございましょう」

「馬鹿、あんな小娘と、俺のるいと、比較になるか」

「るいは小柄で憂い顔ではございません」

「誰が、洗濯板みたいなのを相手にするか」

「存じません」

見送っていた嘉助が大きなくしゃみをして、「かわせみ」は天下泰平な夕暮を迎えた。

三

明日は初午《はつうま》という日に、深川の長助が「かわせみ」へ来た。

極上の蕎麦粉が手に入ったので、

「この前、若先生に、とんだ御厄介をおかけしましたんで、狸穴からお帰りになったら蕎麦がきにでもして、さし上げて下さい」

という。

東吾は狸穴の方月館の稽古で八丁堀を留守にしているのは、長助も知っている。

「折角、来て下すったんだから、まあ、一服して行って下さいよ」

とお吉が気をきかせて、熱燗を湯呑に注いで来て、長助は帳場へ上り込んだ。

「そういえば、湊屋の手代の弥助というのが暇を取ったそうですよ」

小梅の別宅にいるお恒から聞いたのだと長助は話した。

「弥助というのは、仁左衛門さんの女房のおますさんの遠縁に当るとかで、最初は、お駒さんの聟にして湊屋を継がせてもいい、心づもりだったそうですが、お駒さんが幼なじみの源八さんと夫婦になりてえってことが、はっきりしたんで、沙汰やみにしたんだそうです」

正式に、聟にすると話してあったわけではないが、

「弥助にしてみれば、面白くないでしょう。おますさんから、さきゆき、お駒の聟にしてもいいようなことを聞かされていたっていいますから……」

「そりゃあそうだな。当人が知っているくらいなら、店の者も承知していただろうから一層、具合が悪かろう」

相槌を打ったのは嘉助で、

「湊屋を暇をとって、どうするんだね」

と訊く。

「小田原町に、親の家があるそうで、一応、そこに落ちついてから、別の店で働くことになるだろうということです」

「当人はがっかりしているだろうな」

「お恒さんもがっかりしてましたよ。弥助がお駒さんと夫婦になると決めてた時分に、

お民さんを和泉屋の源八と一緒にして、煙草の小売りの店を持たせてやろうという話もあったそうです。お駒さんと源八が惚れ合ったおかげで、お民さんの聟さがしが、振り出しに戻っちまったって……」

長助が帰ってから、嘉助はるいの居間へ行って、その話をした。

「手代の弥助さんとお駒さん、お民さんと源八さんという話があったんですか」

るいにしても初耳であった。

「どうも、気になります……」

一夜あけて、初午の当日。

二月初午の稲荷まつりは江戸の春祭であった。

江戸の町々に数多くある稲荷社には五彩の幟《のぼり》が立ち、修験者や禰宜《ねぎ》が祝詞《のりと》をあげ、神楽を奏したりして、まことに賑やかであった。

とりわけ、三囲《みめぐり》稲荷、烏森稲荷、王子稲荷などの有名な稲荷社では、神前に供えた杉の枝を授かって帰り、神棚に供えると商売繁盛疑いなしといわれて、早朝から信者が押しかけた。

その三囲稲荷の社殿の裏手で、血まみれになって死んでいるお駒が発見されたのは夜になってからのことである。

お駒は背中に出刃庖丁を突き立てられて全身、朱《あけ》に染っていた。

おそらく悲鳴をあげたに違いないが、社殿では大勢の修験者が経を唱し、法螺貝《ほらがい》などを吹きならしていたから、誰にも聞えず、また、参道の表は終日、人がごった返していても、社殿の裏手に行く者は居らず、下手人の姿をみた者もなかった。

湊屋の話によると、お駒はお民と小僧の仙吉と一緒に、午《ひる》すぎに家を出て、渡し舟で向島へ行った。

小僧の仙吉のいうのを聞くと、

「三囲様の近くで、お民さんが、おっ母さんもおまいりをしたいといっていたから迎えに行ってくるといって、お嬢さんは茶店で待っていることになりました。わたしはお嬢さんが神楽をみて来てもいいというので、境内へ入って、神楽を見物して、戻って来たら、お嬢さんの姿がみえません。てっきり、お詣りに行ったと思って……」

慌てて社殿のほうへ行ってみたが、どこもかしこもものすごい人で、お駒をみつけることが出来ず、渡し舟のほうで待ってみたが、夕方になってもみつからないので、仕方なく店へ戻って来たという。

お民のほうは、

「おっ母さんが、おまいりには行きたいが、人ごみに出て具合でも悪くなるといけないから、かわりに杉の葉を頂いて来てくれといいますので、三囲様へ戻って来て、杉の葉を頂いて、又、おっ母さんの家へ帰りました。お駒ちゃんの姿はみえませんでしたけれども、大方、おまいりをすませて先に帰ったと思って……」

母親と世間話をしている中に夜になって、

「帰ろうとしている所へ、使が来て、お駒ちゃんがこっちに寄っているかといわれて、びっくりして……」

蒼《あお》ざめて母親にすがりついている。

町方が調べている中に、手代の弥助がごく最近、湊屋を暇をとったことと、その理由がお駒の祝言であるというのがわかった。

早速、弥助を呼び出して訊問すると、最初は口をつぐんでいたが、とうとう、三囲稲荷へ行ったことを白状した。

「実は、お民さんがお駒さんの伝言を知らせに来てくれて、どうしても会って話したいことがあるから、三囲様まで来てくれといわれまして……」

出かけて行ったものの、人出がものすごくて、お駒の姿をみつけることが出来ず、そのまま、帰って来たと弁解した。

だが、彼の家を調べてみると、母親がたしかにあった筈だという出刃庖丁がみつからず、念のために、お駒の背に突きささっていたのを母親にみせると、まっ青になって口がきけなくなった。

お民も、

「弥助さんのおっしゃる通りです。お駒ちゃんが、どうしても、弥助さんに会って詫《わ》びをいいたいから、三囲様へ来てもらってくれというので、あたしが使に行きました」

今までかくしていたのは、

「もしも、弥助さんに疑いがかかってはいけないと思って……」

と消え入るような声で答えた。

弥助は奉行所へ曳かれて、きびしい取調べを受けた。

その結果、白状したのは、三囲稲荷のお駒殺しではなく、一月十六日の閻魔まいりの時の、お民の晴れ着への悪戯であった。

「実はお民さんとお駒さんを間違えまして……」

取調べに当っていた笠原新六郎という同心が目をむいた。

「お駒さんにふられて、口惜しまぎれに、剃刀《かみそり》で……怪我をさせる気はありません。ただ、着物を切り裂いて、恥をかかしてやりたいと……」

「しかし、お駒とお民の着物は全く違うものだった。店から供をして行ったお前にその区別がつかない筈はあるまい」

「着物は違いますが、お駒さんは赤い羽織を着ていましたので……」

堂の中は煙で、人の顔もわからないくらいだったし、押し合い、へし合いの中だったので、

「羽織をめあてにしたんです。そうしたらお民さんが……」

再び、お民が呼び出された。

「赤い羽織は、お駒ちゃんのです。お駒ちゃんは寒がりの暑がりで、あの日、着て家を出たのですけれども、お堂へ入る頃、暑いといって……」

脱いでお民に持たせたのを、お民は混雑の中で落しでもしてはいけないと思い、又、おまいりの時に不自由なので、自分が着てしまったといった。

「弥助さんは一足先にお堂に入ったので、お駒ちゃんが羽織を脱いだのを知らなかったのだと思います」

切られた時、反射的にお駒と間違えられたと思ったのは、弥助がお駒を怨んでいたのを知っていたからだったが、

「まさか、弥助さんがと思う気持のほうが強くて、口に出せませんでした」

と申し立てた。

弥助に対する、お上の心証は悪くなった。

一度、お駒に危害を加えようとして、失敗し、二度目に、三囲稲荷の境内で殺害したと判断する者が多い。

東吾が狸穴から帰って来たのは、そんな最中であった。

源三郎から話を聞き、「かわせみ」へ寄って、るいや嘉助に、いくつかの質問をすると、東吾は源三郎と長助と一緒に、小梅のお恒の家を訪ねた。

百姓家に手を入れた小さな家で、お恒は一人暮しであった。

それまで使っていた女中が、一月の末に嫁入りの話があって、葛飾へ帰ってしまい、まだ、代りの女中がみつからないという。

「お民が、よく来てくれるんです。なんなら、こっちへ来て、一緒に暮そうといってく

れて……」

病身の母親は、娘の気持が嬉しそうであった。

「初午の日のことだが、お民は何刻頃にここへ来たのか、おぼえていないか」

東吾に訊かれて、お恒は少しばかり不思議そうな顔をしたが、

「さあ、何刻でしたか……あたしは風邪気味で布団に入っていましたので……」

「お民は、すぐ三囲様へひき返したのか」

「いえ、着物を着がえて行きました。折角の春祭なのに、うっかりして普段着で来てしまったといって……」

納戸《なんど》に入って、晴れ着を着て出かけたといった。

「お前は、お民をみたのか」

「ええ、みています」

最初に来た時は、次の間から声をかけ、晴れ着になってからは、布団の傍まで来てみせて行った。

「二度目に来たのは、何刻頃か……」

「出かけて行って、一刻ばかり後だと思います」

杉の葉を神棚に供え、折角、来たのだからと、お恒のために、夕食の仕度やら、風呂を焚きつけるやら、こまごまと働いていたという。

「女中がいなくなって、家の中も片づかないでいたものですから……」

「着がえた着物はどうしたのだ」

持って帰ったのかと東吾に訊かれて、お恒は首をふった。

「いいえ、納戸にある筈ですよ。湊屋から使が来て、一緒に帰る時に、なにも持ってはいませんでしたから……」

しかし、お恒が納戸を探しても、お民の着がえた着物は出て来なかった。

「長助、風呂場の焚き口を調べてみろ」

怪訝《けげん》そうなお恒から目をそむけるようにして、東吾が命じた。

お民の、血に染った着物の焼け残りが、風呂場の焚き口の灰の中からみつかったのは、間もなくであった。

「お民は、和泉屋の源八が好きだったんだろうな。自分が源八の女房になって、煙草の小売りの店を出してもらえるのを、たのしみに働いていたのだろうが、お駒が源八を好きになり、源八もお民よりお駒をえらんだ」

お駒への憎しみは、偶然、弥助のお駒への怨みと重なった。

「弥助が、いやがらせにお駒の晴れ着を切ろうとして、お民と間違えた、お民はすぐに、それに気がついた。そこから、お民はお駒殺しを思いついたんだ」

初午の雑踏を利用して、お駒を殺し、罪を弥助になすりつけることであった。

「お民は、お駒には弥助が人目をさけて会いたがっているから、一度だけ会ってやってくれといって、三囲様の裏へおびき出して出刃庖丁で刺し殺した。その出刃は、弥助のところへ、お駒の使だといって出かけた時に盗み出して来たんだ」

「そうすると、お民さんは、最初に小梅のおっ母さんの家へ行った時には、もう、お駒さんを殺していたのですか」

と訊いたのは、お吉。

「そういうことだ。三囲様の前で、お駒と仙吉と別れて、お袋の家へ行くとみせかけて、社殿の裏へ廻る。お駒はなにも知らず、お民に教えられた通りに、仙吉を神楽見物にやって、自分は社殿の裏へ廻った。まさか、お民に殺されるほど、自分が怨まれているとは夢にも知らずにだ」

お駒の返り血を浴びた着物を、すぐ近くの母親の家へ行って、晴れ着と着がえ、汚れた着物は二度目に戻って来てから、風呂場の下で焼いた。

「当人は、すっかり灰になってしまったと思っていたんだろうが、木綿の着物というのは、案外、燃えにくいものだ。灰の下に燃え残りがあって、そいつが証拠になった」

「お民さんの怨みは、根が深かったと思いますよ」

るいが考え深そうにいい出した。

「子供の頃から、お駒さんは両親そろって幸せ一杯に育っている。いくら、よくしてもらっても、他人の家の厄介になって肩身のせまい思いはあったでしょうし……お駒さんは派手で、華やかなものがよく似合う、琴や三味線も自分より上手、近所の若い男には、ちやほやされる。どれもこれも、お民さんにとっては、羨ましい、ねたましいことだったに違いありませんもの」

長い間の、女の怨みつらみが、片想いの恋人を奪われて、火山のように噴き出したのかも知れないと、るいは推量している。

「やっぱり、女は、おっかねえな」

東吾が首をすくめ、背後にすわっていた筈の源三郎を、救いを求めるようにふりむいた。

源三郎の姿はなく、炭箱を持って入って来たお吉が、真面目くさって告げた。

「畝の旦那は、お邪魔になるからと、只今お帰りになりました」

るいがおかしそうに笑い出し、東吾はその膝に頭をのせて、炬燵《こたつ》に横になった。

庭に、風の音がして、障子のすみから寒さが這い上ってくる。

それでも「かわせみ」の庭の梅の木は僅かながらほころびかけていた。

蜘蛛《くも》の糸《いと》

一

夜明け前に降った雨は、陽が上る頃には止んでいた。

あたたかな朝である。

朝餉《あさげ》の仕度をととのえて、るいが居間へ戻ってみると、東吾は庭に出ていた。

もう、花の散ってしまった梅の木の前に立って、枝ぶりでも眺めているような恰好である。

「そんなところで、なにをなさっていらっしゃいますの」

縁側から声をかけると、子供のような顔付で戻って来た。

「蜘蛛が巣を作っているんだよ、まだ糸を張り出したばかりで、みているとなかなか面白い」

庭下駄を脱いで、居間へ上った。

「考えてみたら、もう啓蟄《けいちつ》を越えていたんだな」

暦の上では、土中から虫の這《は》い出る季節であった。

「なにを、そんなに感心していらっしゃるんですか」

まず、朝の茶に梅干を添えて出しながらるいが笑った。

「いや、俺も人並みに、一年が早いと思うようになったらしいんだ」

旨《うま》そうに、茶を飲んでいる東吾の表情は、いつもの通りで、格別、屈託している様子はない。

「るいが、お婆さんになったとおっしゃりたいのでしょう」

年上女房は、すぐ、そっちに気が廻って、

「かわせみがお飽きになったら、無理にいらっしゃらなくてもよろしいのです」

と口先だけの強がりをいう。

「馬鹿だな。るいが婆さんなら、俺は爺さんじゃないか」

「でも、女は男よりも先に年をとります」

「ほう、そいつは初耳だ。人間は誰でも一年に一歳、年をとると思っていたが……」

「存じません」

味噌汁のいい匂いを運んで、お吉が入って来た。

「お嬢さん、どうしましょう。昨夜、お着きになった上州の足利屋さんが、姪御《めいご》さんのことで、ちょっとお話が、とおっしゃってるんですけれど……」

るいが東吾を眺め、東吾は大きく手をふった。

「行ってやれよ。俺は、飯くらい、一人で食える」

それでも、るいは御飯のお給仕だけして、あとをお吉にまかせ、居間を出て行った。

「足利屋ってのは、なんだ」

さくさくと歯切れのよい辛菜《からしな》は、この節、江戸に出廻って来たもので、元は長崎の唐人が母国から種子を持って来たという。東吾の好物の一つであった。

暮に、昆布や鷹の爪と一緒に、お吉が漬け込んだのが、今頃までなんとか食べられる。

「桐生の機屋《はたや》さんで、吉田五右衛門とおっしゃるんです。毎年今時分に商用で江戸へお出でになって、うちへお泊りになるんですが……」

今年は、姪のお信《のぶ》という娘を同行して来た。

「まだ、十五、六の、そりゃ可愛らしい娘さんなんです。口をきくとお国なまりがご愛敬で……」

「江戸で奉公したいというのかな」

「案外、そうかも知れません」

小魚の煮つけに、大根の柚味噌かけ、豆腐の味噌汁、それに食べるそばからお吉が火鉢の金網で焼いては、大根おろしをまぶしてくれる薩摩あげで、一杯の飯を東吾が食べ終えた時、廊下をるいが戻って来た。

「すみません、御膳がおすみでしたら、この人の話を一緒に聞いて下さいまし」

伴《つ》れて来たのは、ひどく子供っぽい感じの娘であった。

化粧っ気のない顔は色白で、頰が赤く、初々しい。

お吉が膳を下げ、東吾はるいと並んで、娘と向い合った。

「お信さんといいまして、お父つぁんの喜左衛門さんは上州の絹市で場造《ばつくり》をしていらしたそうですよ」

場造というのは、上州絹を仕入れに来る江戸の呉服商の買役を案内して、各地の絹市を廻り、良い品物を、必要なだけすみやかに買い付けをさせる、いわば、現地の仕入れ手伝い人のようなものであった。

従って、いい場造がつけば、その買役は良い絹織物を安く入手出来るわけで、江戸から来る買役には、なくてはならない存在でもある。

「喜左衛門さんは、三代以前から、白木屋さんの場造をつとめていらしたそうなんですけれど……」

るいの言葉に、新しくお茶を入れていたお吉が目を丸くした。

「そりゃ、白木屋さんとおつき合いがあるなら、たいしたもんじゃありませんか」

日本橋通一丁目に江戸本店をかまえる白木屋は、本来、京都の材木商だったが、初代、大村彦太郎が江戸に小間物の店を出したのが大当りして、後に呉服物に手を広げて成功した。

江戸には日本橋店の他、市谷店、富沢町店、馬喰町店があり、日本橋店だけでも奉公人が二百人を越えるという大店《おおだな》である。

うつむきがちだった娘が、顔を上げた。

涙ぐんだような表情である。

「白木屋さんには、本当によくしてもらいました。ですが……お父つぁんが歿りまして」

訛《なまり》はあっても、言葉遣いは尋常であった。

おそらく、江戸から来る買役と話をする立場から、言葉には気をくばって来たものとみえた。

「父親が歿ったのか」

と東吾。

「はい」

「いつのことだ」

「年があけて、すぐでした」

正月五日のことだという。

「おっ母さんはお達者ですか」

とるいが訊いた。

「いいえ、今年が三回忌になります」

「それじゃ、あなたの御兄弟は……」

「あたしは一人っ子です」

成程、そのあたりに事情があるのかと、「かわせみ」の連中は、顔を見合せた。

「それで御相談というのは……」

るいがうながし、お信はためらいながら、やっといった。

「白木屋さんの寅太郎さんというお人に、お目にかかりたいのです」

「失礼ですが、なんの御用で……」

その返事は、耳許まで赤くなって下をむいてしまった娘の様子で、おおよそ知れた。

「あの……そのお方……寅太郎さんとおっしゃるのは、白木屋さんの……」

「お手代です。買役で上州へみえていました」

「あなたと、なにか、約束をなさったの」

「そういうわけじゃありませんが……」

みるみる、涙が盛り上って来て、袂で顔をおおってしまった。子供のように泣きじゃくっている。

「すいません。若先生……少々、こちらに」

いつの間にか廊下へ来ていた嘉助に呼ばれて、東吾は部屋を出た。泣いている娘はるいとお吉にまかせるより仕方がない。

嘉助と、帳場へ出てみると、そこに郡内紬《ぐんないつむぎ》を着た初老の男が待っていた。

「吉田五右衛門と申します」

東吾をみて、丁重に挨拶《あいさつ》した。

桐生の機屋の主人である。

「姪が、こちらのお内儀さんに御厄介をおかけしまして……」

東吾は人なつこい笑顔をみせた。

「どうも、泣いちまって、わけがわからねえが、白木屋の手代といい仲になっているのか」

「それが、どの程度の間柄なのか手前にも話してくれませんので……」

途方に暮れた様子であった。

「ただ、当人は、どうしても寅太郎さんの女房になると決めて居ります」

「白木屋の手代だな」

「はい、まことによく出来たお手代衆で、手前も何度かお目にかかっていますが、若いに似ず、心がけのよいお人で……」

「色男か」

話の腰を折られて、五右衛門が苦笑した。

「それは、田舎育ちの娘が、夢中になるのでございますから……」

「ありそうなことだな」

江戸から上州絹の買い付けに来る呉服屋の手代と、その手伝いをする場造の娘と。

「俺は、呉服屋のことはなんにも知らないが、買い付けに来ると、どれくらい、地元に滞在するんだ」

東吾の問いに、五右衛門が答えた。

「春の買い付けは、二月に買役のお方が江戸からおみえになりまして、五月までかかって仕入れをなさいます」

一度、江戸へ戻った買役は六月に、又、出直して来るが、今度は春よりも長く、十月の恵比寿講に中帰りする他は、十二月まで滞在し、一年中の買宿の口銭、雑用、場造への給金などの支払いをすませて帰って行く。

「それじゃ、一年の大半を、上州で暮すようなものだな」

「はい、ですが、買宿を足がかりにして、殆ど、旅から旅でして……」

「場造というのは、いつも一緒なのだろう」

「はい」

「場造の娘といい仲になるのに、手間はかからねえな」

五右衛門が眉を寄せた。

「本気でお信と夫婦になる気持があってのことなら、よろしゅうございますが……相手の気持をたしかめようにも、手前は白木屋さんと取引がございません。なまじ、ことを荒立てては、あちらもお主持《しゅうも》ちのことでございますから……」

ものの固い商家へ、若い女が手代を訪ねて行けば、それだけで、評判になりかねない。

「なんとか、寅太郎さんを呼び出して、と思いますが、取引のない者が白木屋さんの暖《の》簾《れん》をくぐるのは、なまじ、機屋だけにどうも具合が悪くて……」

五右衛門が取引をしている呉服店は、白木屋に比肩《ひけん》する大店であった。

いわば、商売仇の店へ顔を出して、ひょっとして取引先から痛くもない腹を探られては、と五右衛門は神経を使っている。

東吾がるいの居間へ戻ってくると、お信は自分の部屋へひきとったとかで、るいとお吉が浮かない顔をしている。

「どうも、気持のいい話じゃなさそうだな」

呉服屋の手代というからには、大方、のっぺりした優男《やさおとこ》だろうが、田舎娘にちょっかいを出して、娘はのぼせ上ったものの、男のほうは、真実があるかどうか、あてにならないと東吾はいった。

「ともかく、寅太郎って奴の話をきかなけりゃならねえな」

それが厄介であった。

小さな店ならともかく、白木屋のような大店になると、店の内緒が外へ知れるのを極端に嫌う。

早い話が、奉公人がつかい込みをしようが、家出をしようが、一切、お上には届けず、店の内で始末をつけるというやり方だから、奉行所にかかわり合いのある者が、迂闊に店を訪ねようものなら、まず塩をまかれて、体よく追い払われかねない。

白木屋の出入り先には大名、旗本など大身《たいしん》の武家も少くなかったし、将軍家大奥ともかかわり合いがある。

「一番いいのは、白木屋がお出入りをしているお得意先から、それとなく、訊いて頂けるとよいのですが……」

と嘉助がいう。

「るいは白木屋で買い物をしないのか」

「とんでもない。うちあたりでは、せいぜい、棚卸しのせり売りをのぞいてみるくらいですもの」

「義姉上《あねうえ》にでも、訊いてみるかな」

午《ひる》をすぎて、東吾は大川端を出た。

八丁堀へ帰るつもりが、豊海橋《とよみばし》の袂で気が変ったのは、本所の麻生《あそう》家へ行って、七重に訊ねてみようと思いついたからである。

麻生源右衛門は西丸御留守居役、能楽や茶道をたしなむだけであって、着るものも凝っている。

麻生家の玄関には駕籠《かご》があった。

脇にひかえていた女中が、東吾をみて驚いた顔をした。神林家に奉公している小間使いである。

「なんだ。義姉上がみえているのか」

気がついて、東吾はぼんのくぼに手をやった。

東吾の来たことを、麻生家の用人が奥へ取り次ぐと、すぐ七重が出迎えに来た。

「私が、お姉様をお呼びしましたの。父の紋服《もんぷく》を見立てて頂きたかったものですから……」

「すると、呉服屋が来ているのか」

「はい」

思いがけないことで、東吾は少しばかり調子づいた。

「まさか、白木屋ではないだろうな」

「どうして御存じですの」

「白木屋か」

「祖母の代からですもの」

「そいつは、好都合だ」

居間の外には、義姉の香苗が待っていた。

「なにか、急な御用でも……」

気づかわしげな表情である。

「いや、そうではありません。全くの偶然です。七重どのに、呉服物のことで智恵を借りに来たところです」

「なんでございましょう」

と七重が神妙に訊く。

「いや、源さんに頼まれたことなんだ」

流石に、ここで「かわせみ」の名前は出しにくかった。

女二人に、もったいらしく目くばせをして、東吾は居間へ入った。

次の間に、呉服物がひろげられていて、すみのほうに、如何にも呉服屋の手代といった感じの男が小さくなってお辞儀をしている。

「お初にお目通りを致します。手前は白木屋の手代で徳之助と申します」

東吾は、ざっくばらんに手をふった。

「どうも、商売の邪魔をしてすまなかった。義姉上も、七重どのも、手前にかまわず、お見立てを続けて下さい」

香苗がちょっと義弟の顔をみるようにしたが、東吾がうなずくのをみて、

「それでは、お父上のお着物から決めましょうね」

と妹をうながした。

どうやら、利休茶の結城紬と陰萌黄《かげもえぎ》色のと、どちらにするか、決めかねていたところらしい。

「東吾様の御意見をうかがいましょうか」

七重が東吾に相談し、東吾はまじめくさって、二反の紬を眺めた。

「義父上《ちちうえ》なら、やはりこちらではありませんかね」

東吾が手を出したほうへ、手代が満足そうに同調した。

「そらもう、季節から申しましても、陰萌黄のほうが一段と引き立つように思います」

「では、父上のはそちら……義兄上《あにうえ》様と東吾様のは、こちらでしたね」

七重が悪戯っぽくみせたのは、藤納戸《ふじなんど》色と深山納戸《みやまなんど》色で、それはもう決っていたらしい。

「手前はいいですよ。兄上はともかく……」

「いいえ、旦那様から、東吾様のも新調するようにといわれましたの」

「それでは、手前が義姉上と七重どののを見立てましょうか」

およそ、呉服物を見立てる時ほど、女心の浮き立つものはないらしく、香苗も七重も、賑やかに声を上げ、目をこらして、手代の広げる美しい反物に見入っている。

それが一段落して、お茶が運ばれてから、呉服物を片づけている手代へ、東吾はそれとなく訊ねた。

「白木屋の店には、手代が何人ぐらい居るのだ」

徳之助は行儀よく仕事の手を止めて答えた。

「只今のところ、日本橋店では百人の余も居りましょうか」

「多いな」

「その他、子供、男衆を加えまして、二百人には、いくらか欠けすしてございます」

子供というのは丁稚《でっち》で、男衆は雑用係のようなものである。

「それらが、常時、店に起居しているのか」

「いえ、田舎役と申しまして、手前共では水戸、銚子、上州、甲州、相州のお得意相手をする者は盆暮には掛取りに廻らねばなりませんし、その他には買役と申しまして、仕入れのために出かける者もございます」

「その買役だが、上州のほうへ参る者は決って居るのか」

「大方の手代が、五、六年から七、八年は買役を致します」

「寅太郎と申す手代だが……」

「その者でございましたら、四年ほど前から上州絹の買役を致して居りますが……」

「俺の知り合いのところへ、桐生の機屋の主人が来ているのだが、先頃、歿った上州の買宿の場造で喜左衛門と申すのが、大層、寅太郎の厄介になったとか申して居った」

「場造の喜左衛門さんなら、手前もよく存じて居ります。お気の毒に、昨年の夏頃から体を悪くなさったようで……」

「喜左衛門の家族の者が出府して居るのだが、寅太郎に礼をいいたいと申して居る。会わせる手だてはないか」

「喜左衛門さんの家族のお方でございますか」

「父親の形見に、なにかもらってくれないかということらしいが、白木屋へ参るのはまずかろう」

「左様でございますな」

徳之助が、そっと東吾を見上げた。

「そのお方は、只今、どちらに……」

「深川の長寿庵と申す蕎麦《そば》屋に厄介になっている」

ここでも、東吾は「かわせみ」の名を出さなかった。

「堅気の奉公人が私用で店を空けるのは難しかろうが……」

「はい、ですが、手前がそれとなく話してみますでございます」

「寅太郎とは、親しいのか」

「手前とは、同じ近江国の出身でございまして、隣の在でもございます。同郷でございますから、なにかにつけて相談相手になって居りますので……」

「それはよかった。何分、寅太郎の迷惑にならぬように、たのむ」

「心得ましてございます」

商いの礼を述べて、徳之助が帰ってから、東吾は兄嫁の供をして八丁堀の屋敷へ戻り、その足で、畝源三郎のところへとんで行った。

「かわせみ」へ泊っているお信の事情を話し、白木屋の手代、徳之助から深川の長助のところへ連絡があったら、至急「かわせみ」へ知らせてくれるように頼むと、源三郎は承知して、すぐ、深川へ出むいて行った。

待つこと二日。

八丁堀の道場で、組屋敷の子弟に稽古をつけている東吾を、源三郎が呼びに来た。

きますが……」

「長助の店へ、白木屋の手代、寅太郎と申すものが来たそうです。手前は、これから行

「先に行ってくれ。稽古が終り次第、長寿庵へ行く」

半刻《はんとき》（一時間）遅れで、深川へ東吾が行ってみると、店先に源三郎と長助が腰をかけていた。

寅太郎は、深川にある白木屋の蔵屋敷へ用足しに行っているといった。

「それを口実にして、出て来たそうです」

源三郎が少しばかり困った顔でいった。

「寅太郎に、お信のことを訊ねてみたのですが……別に、これという関係はないと申して居るのです」

上州には毎年、買役として出張し、喜左衛門とも昵懇《じっこん》だし、娘のお信も知っているが、浮いた話などはしたこともないといい切ったという。

「やがて、寅太郎がここへ戻って来ますので、東吾さんからもお訊ねになるといいと思いますが、どうも、嘘をいっているようにはみえません」

ひょっとすると、お信の片想いではないかと、こうした事件に馴《な》れている源三郎がいい、東吾も首をひねった。

たしかに、お信は寅太郎といい仲になったとは話していない。ただ、寅太郎の女房になりたいと江戸へ出て来たと申し立てたばかりである。

「寅太郎って手代は、なかなかの男前でござんすから、田舎娘が、ぼうっとなって追いかけて来たんじゃございませんか」

と長助までがいった。

そこへ寅太郎が入って来た。

成程、男前だが、のっぺりした二枚目ではなく、地方廻りをしているせいか、体つきもがっしりしていて、浅黒い顔に、眼許のさわやかな若者である。

「どうも、お手数をかけましてございます」

改めて挨拶をしてから、

「お信さんはお父つぁんをなくされて、まことにお気の毒に存じます。けれども、手前はこちらの旦那方にお訊ねを受けましたような、お信さんに対して、みだりがましい振舞をしたことは只の一度もございません」

やや、蒼ざめていった。

「お前は、白木屋の買役として上州へ行った折に、場造の喜左衛門の世話になっていたんだな」

「左様でございます。喜左衛門さんには一方ならぬ御厄介になりました。ですが、それは、手前一人ではなく、白木屋から参る手代は、みな、喜左衛門さんの宰領で絹の買い付けをして居りましたので、それはお店のほうもよう、御承知でございます」

数年前から、白木屋では喜左衛門に対して場造の給金の他に、年に五両の手当を出すようにしているといった。

「お前が喜左衛門と一緒に仕事をしていて、特に、お信から礼をいわれたことはないか」

東吾の問いに、寅太郎はうなずいた。

「それは、多分、昨年の夏のことではないかと存じます」

七月に新絹買い付けのために、寅太郎は喜左衛門と武州秩父大宮まで出かけたのだが、

「なにがいけなかったのか存じませんが、喜左衛門さんが、突然、苦しみ出しまして、吐き下し、食物はおろか、水も咽喉《のど》を通らなくなりました。お医者にもみせたのですが、何分、田舎のことで、しかとした手当も出来ず、手前が夜っぴて看病を致しました」

結局、やや落ちついたところで、駕籠をやとい、なんとか、藤岡まで戻って医者にかかり、漸《よう》く、命をとりとめたという出来事があった。

「お信さんからも、親の命の恩人だと礼をいってもらいましたが、一緒に旅をしていれば、誰でも、それくらいのことは致します。ごく、当り前のことでございまして……」

お信と親しく口をきいたのは、その折と、

「今年になって、喜左衛門さんがなくなりまして、お店のほうから香奠《こうでん》と悔状を、手前がお届け申しました時、もし、さきざき、お信さんが聟を取り、そちらが場造をなさるならば、白木屋と御縁がつながるように、小頭役に手前からお話し申しましょうと、そんな話は致しましたが……」

色めいた言葉をかけたおぼえはないといった。

「お信さんがなんとおっしゃっているのか、お目にかかって、もしも誤解ならば、はっきりさせたいと存じます」

口調に悪びれたふうもなく、源三郎がいったように、彼が嘘をいっている様子はない。

「どうも、おかしなことになったが、それじゃ、かわせみへつれて行こう」

東吾が寅太郎を伴って、大川端へ行き、るいが立ち会って、二人を対面させた。

半刻ばかりも経って、寅太郎がるいと共に帳場へ出て来た。

目のあたりが赤くなっている。

「やっぱり、お信さんの思い込みでしたの」

といいかける、るいを寅太郎が制した。

「どうか、お信さんを責めないで下さいまし。手前にも落度がございました」

父娘二人きりの暮しぶりを知っていて、つい、親切にしすぎたといった。

「手前は、親を早くになくして居りまして、兄弟もございません。喜左衛門さんは、手前の親父様の年頃でもございましたし……」

そんな気持が、つい、父娘の生活に立ち入りすぎたのかも知れないと涙を拭いている。

「それはそれで仕方がないじゃございませんか、お信さんも納得してくれたのですから」

るいがとりなし、東吾が訊ねた。

「お前は、お信をどう思っている。女房にしたい気持はないのか」

寅太郎が苦しそうにうつむいた。

「お信さんの気持はありがたいと思います。それに、決して、きらいではございません。けれども、手前共は、まだ当分、女房を持つのは無理でございます」

白木屋の奉公人は、大体、十一、二歳で口入れ屋の仲介で、京都本店から雇入れが決り、そのまま、江戸へ下って、日本橋店へ来る。

いわゆる、子供と呼ばれる丁稚奉公から始まって、入店九年目に漸く、初登りと称して京都本店へ行き、店主にお目見得をすませ、往復の道中を含めて五十日の休みをもらって実家の親の許へ顔出しが許される。

その初登りをすませて、江戸へ戻ると、手代に昇格するのだが、そこから更に小頭役、年寄役、支配役になるのは容易ならぬことであった。

平手代、およそ百人に対して、その上の小頭役は十人、年寄役五人、支配役は三人という狭き門で、平手代の大半は役付きになる前に暇をもらって退職するのだが、それにしたところで、二十年近くつとめ上げるのが御定法《ごじょうほう》とされていた。

「奉公中は、お店で暮して居りますから、勿論、妻帯は出来ませんので……」

白木屋は外からの通い奉公を認めていなかった。

「すると、三十をすぎなければ、おかみさんも貰えないのですね」

るいが驚いていい、東吾が訊ねた。

「お前は、白木屋に奉公して何年目だ」

「来年が十六年目の中登りに当ります」

白木屋では丁稚から手代になる初登りの九年目、それから十六年目の中登り、二十二年目の三度登り、退職した支配役の隠居仕舞登りが設けられていた。

何年勤続したら役付になるというきまりはないが、

「一生けんめい、勤め上げて、もしも、年寄役以上になりますと、お店から暖簾わけが許されますので……」

「それが、のぞみか」

「はい、おこがましいことでございますが、お店へ入りました時、同郷の徳之助さんから、暖簾わけをめざすようにと」

折角、白木屋ほどの大店へ奉公しても、体を悪くしたり、商いにむいてないと判断されたりで、丁稚の中、三分の一以上が入店二年ぐらいで脱落して行くといった。

そうでなくとも、平手代の時代に女でしくじって解雇される例も少くない。

「手前は、徳之助さんを見習って、今まで大過なくやって参りました」

いってみれば、出世の階段を一歩ずつ登りつめている真最中といえた。

「どんなに、お信さんの気持が嬉しくとも、女房は持てませんので……」

「徳之助というのは、いくつだ」

麻生家へ出入りをしている手代であった。

「三十一歳でございます。お店へ入りまして、今年で、ちょうど二十年で……」

「あいつも、平手代か」

「ぼつぼつ、小頭役にと、上からお話があったそうでございます」

「そりゃ、めでたいな」

江戸で指折りの大呉服店に奉公する者としては、それくらいの夢がなくてはかなうまいと東吾はいった。

「お信のことは心配するな。所詮、縁がなかったんだ。桐生の叔父御が、その中、良縁をみつけてくれるだろう」

しょんぼりと肩を落して帰って行く寅太郎を見送って、東吾は、るいの部屋に落ちついた。

「商人というのも、らくではないな」

「二十年も三十年も奉公して、暖簾わけをしてもらえない人も多いのでしょう」

「あの男はやるだろう」

「お内儀さんをもらったらもう腰がまがってたなんてことになりゃしませんかね」

お膳を運んで来たお吉が、にくまれ口を叩いた。

「あんまり、高のぞみをしないで、小さな幸せに満足したほうがいいんじゃありませんかね」

「それは女の考えさ」

「殿方に生れなくて、よござんした」

寅太郎の話は、るいから吉田五右衛門に伝えられ、お信は五右衛門と共に、泣く泣く上州へ帰った。

二

いい色に染め上った藤納戸と深山納戸の紋服が仕立てられて、八丁堀の神林家に届いた日、東吾は、義姉から呼ばれて、それをみせられた。

「やっぱりよくお映りになりますこと」

東吾の肩へかけてみて、香苗は嬉しそうだったが、その品物を届けに来た手代は、徳之助ではなかった。

で、手代が帰ってから、東吾は香苗にそのことを訊いてみた。

「七重が、白木屋の別の手代から訊いたそうですけれど、徳之助さんは仙台様のお勘定がとどこおって、困っているそうですよ」

徳之助が担当しているお得意先は大名家や旗本が多かったらしい。

「こういっては、なんですけれど、お大名家の中には買物方の役人衆に意地の悪い者がいて、勘定を払ってもらいたければ、付け届をしろとか、廓や芝居見物などに招くようにと難題を申すところもあるとかで……仙台様がそうだとは申しませんが、掛取りの手代はさまざまの苦労があるようですの」

「我が屋敷の勘定は大丈夫ですか」

「御心配なく、その都度《つど》、きちんと支払って居りますもの」

兄嫁と、そんな話をしたあとで、東吾は畝源三郎に徳之助の話をした。

定廻りだけあって、源三郎は東吾よりも遥かに、呉服屋の内情に精通していた。

「呉服屋と申すのも、なかなか大変なものらしいですよ」

地方に買い付けに行く時は、必ず買宿やなじみの場造に土産物を持って行く。

「それも、主人には極上の干物五十枚、女房には煙草入れ、子供には雪駄《せった》、隠居には上等の煙草入れと、店によって、きまりがあるそうですから……」

地方の得意客がやってくれば、接待するために二階座敷に案内して酒肴《しゅこう》をふるまったり、取引先が恵比須講だ、山王祭だと出府してくれば、店をあげて接待をする。

「それで商売が成り立っているのですから」

「考えてみりゃ、高い品物を、客は買わされているんだな」

町廻りに出かける源三郎について、東吾は通一丁目まで行ってみた。

白木屋は表間口が十間以上もあろうという大店で、屋号と店印を染め抜いた大暖簾のむこうは、買い物客で賑わっている。

そこは毎月、千両箱が二、三個ほどの金が動くという商いの世界であった。

「どうも、我々とは無縁のようですな」

源三郎が笑い、男二人は、その先で右と左に別れた。

徳之助が白木屋を解雇されたらしいという噂《うわさ》を、長助が知らせて来たのは、夏のはじめのことであった。

「白木屋へ出入りしている植木屋の話なんで、どこまでが本当かわかりませんが……」

仙台藩の武家屋敷からの掛取りが行きづまって、店からは強く取り立ての催促をされる、先方は一向に支払わないという真中に立って、徳之助は次第に頭がおかしくなったのではないかという。

「あっちこっちのお稲荷さんに幟《のぼり》を上げたり、お供物を供えたりして、なんとか掛金がとれるようにとお祈りをしていたんですが、どこをどうしたのか、店にも内緒で成田山から日光の東照宮へおまいりに行っちまったんだそうです」

相手が大名家なので、東照宮のほうが効き目があるとでも思ったのか、五日もかかって東照宮に参詣し、九日日に日本橋の店へ戻って来た。

「白木屋のほうで調べたところ、日光参詣に使った金は二両二分と銭七貫文余りで、その他に二百両ばかりのつかい込みがあったんだそうで……」

その大半は、仙台屋敷の買物役への付け届だったという。

「なにしろ、白木屋が表沙汰にしねえんで、くわしいことはわかりませんが、奉公人のつかい込みは、今までにも何回となくあって、大方が吉原の遊女に入れあげたってのだそうで、それも五百両の、七百両のって大枚がざらだそうです。それにくらべると、徳之助のは、女に狂ったってんじゃありませんが……」

不始末は不始末として、徳之助は店をくびになったと長助が話した。

「なんてことだ、奉公して二十年といってた奴が……」

「白木屋じゃ、奉公人の給金は、年季があけるまでは、まとめて出さねえそうで、入要《いりよう》は、その都度、給金の前借りってことになってるそうです」

二十年も勤めれば、給金だけでも百両以上になっている筈《はず》で、

「その中、少々は前借りって形になっていたか知れませんが、徳之助は質素で遊びもしないし、着るものなんぞもお仕着せですませていたんだそうで……白木屋のほうじゃ、不始末があってくびにした奉公人の給金は払いませんから……」

徳之助は二十年を無駄働きしたことになる。

「あんまり、かわいそうだと、植木屋もいってました」

更に十日して、「かわせみ」にひょっこり寅太郎が姿をみせた。

白木屋から暇を取ったといった。

「上州へ行って、お信さんと夫婦になって、場造の仕事をしようと思いまして……」

そう決心したきっかけは、徳之助の事件だった。

徳之助は近江へ帰って、そこで木の枝にくびれて死んだという。

「どんなに必死になって働いていても、人間、一寸先は闇だってことが、怖くなりました。自分も、いつか、徳之助さんのようなことにならないとは限りません」

寅太郎の決心を、るいや「かわせみ」の連中は喜んだ。

心ばかりの祝金を渡し、幸せを祝って送り出したのだったが、七月の末、桐牛から吉田五右衛門が「かわせみ」へやって来て、思いがけない話をした。

「お信は、こちらから上州へ帰って間もなく手前が間に入って嫁入りをさせました」

相手は桐生の大百姓で、今は幸せに暮している。

「この月に、寅太郎さんが訪ねて来ましたが、手前は、てっきり、白木屋の夏の買い付けのためにおいでなさっているとばかり思いまして……お信が嫁入りしたことは、お話し申しましたが……」

寅太郎は、それについて、なにもいわず、五右衛門も、まさか、彼が白木屋を退職してお信のところへ行ったとは、気がつかなかった。

「寅太郎さん、白木屋へ戻って来たらしいんです。ただ、白木屋では、どんな理由があっても、一度、やめた者は二度と奉公させないってのが、家訓なんですって……」

雨上りの夕方、狸穴《まみあな》の方月館から帰って来た東吾に、るいが話した。

「長助親分の話だと、寅太郎さんは近江へ帰ったそうですよ」

「縁がないってのは、そんなものさ」

湯上りの汗に、夕風が快く、東吾は庭へ下りた。

梅の木は、すっかり青葉になっている。

「おい、ここの蜘蛛の巣、誰かが、とっぱらったのか」

春からずっと、銀色の糸を張りめぐらしていた蜘蛛の巣が千切れたようになっている。

「ああ、それ、植木屋の小父さんが、箒《ほうき》で払ってしまったんです。かわいそうだから、そっとしておいたのにって、お吉が文句をいったんですけど、商売屋が庭に蜘蛛の巣を張らしておくのは、縁起がよくないんですって」

「そりゃあまあ、そうだろうな」

その夜は、るいの部屋に泊って、東吾は翌朝、庭へ出た。

一夜の中に、蜘蛛は辛うじて、新しい巣を梅の枝に張っていた。

ただ、その形は以前にくらべて不細工で、如何にもこぢんまりしていた。

「蜘蛛でも、やり直しをするってえのは、大変なんだろうな」

何事もなければ、来年の中登りをたのしみに、白木屋の手代として、今頃は買役に汗を流して上州路をかけ廻っていたに違いない寅太郎であった。

近江へ帰った彼は、今、どんな思いで、新しい巣を作り出そうとしているのか。

僅かの間、東吾は彼らしくない眼をして、蜘蛛の巣をみつめていた。

本書は一九九一年六月に刊行された文春文庫「閻魔まいり　御宿かわせみ10」の新装版です。

本書の無断複写は著作権法上での例外を除き禁じられています。
また、私的使用以外のいかなる電子的複製行為も一切認められておりません。

文春文庫

閻魔《えんま》まいり　御宿《おんやど》かわせみ10

定価はカバーに
表示してあります

2005年2月10日　新装版第1刷
2023年6月30日　第9刷

著　者　平《ひら》岩《いわ》弓《ゆみ》枝《え》

発行者　大沼貫之
発行所　株式会社 文藝春秋

東京都千代田区紀尾井町3-23　〒102-8008
TEL 03・3265・1211(代)
文藝春秋ホームページ　http://www.bunshun.co.jp

落丁、乱丁本は、お手数ですが小社製作部宛お送り下さい。送料小社負担でお取替致します。

印刷製本・凸版印刷

Printed in Japan
ISBN978-4-16-716891-9

（　）内は解説者。品切の節はご容赦下さい。

平岩弓枝
鏨師《たがねし》
無銘の古刀に名匠の偽銘を切る鏨師と、それを見破る刀剣鑑定家。火花を散らす厳しい世界をしっとりと描いた直木賞受賞作「鏨師」のほか、芸の世界に材を得た初期短篇集。（伊東昌輝）
ひ-1-109

平岩弓枝
秋色（上下）
有名建築家と京都の名家出身の妻、この華麗なる夫婦の実態は……。シドニー、麻布、銀座、奈良、京都、伊豆山と舞台を移して、華やかに、時におそろしく展開される人間模様。

ひ-1-126

平岩弓枝
花影の花
大石内蔵助の妻

大石内蔵助の妻の視点から描いた平岩弓枝版忠臣蔵。華々しく散った夫の陰で、期待に押しつぶされる息子とひたむきに生きた妻。家族小説の名手による感涙作。吉川英治文学賞受賞作。

ひ-1-129

平岩弓枝
御宿かわせみ
「初春の客」「花冷え」「卯の花匂う」「秋の蛍」「倉の中」「師走の客」「江戸は雪」「玉屋の紅」の全八篇を収録。江戸大川端の小さな旅籠「かわせみ」を舞台とした人情捕物帳シリーズ第一弾。

ひ-1-201

平岩弓枝
江戸の子守唄
御宿かわせみ2

表題作ほか、「お役者松」「迷子石」「幼なじみ」「宵節句」「ほととぎす啼く」「七夕の客」「王子の滝」の全八篇を収録。四季の風物を背景に、下町情緒ゆたかに繰りひろげられる人気捕物帳。

ひ-1-202

平岩弓枝
水郷から来た女
御宿かわせみ3

表題作ほか、「秋の七福神」「江戸の初春」「湯の宿」「桐の花散る」「風鈴が切れた」「女がひとり」「夏の夜ばなし」「女主人殺人事件」の全九篇。旅籠の女主人るいと恋人で剣の達人・東吾の活躍。

ひ-1-203

平岩弓枝
山茶花《さざんか》は見た
御宿かわせみ4

表題作ほか、「女難剣難」「江戸の怪猫」「鴉を飼う女」「鬼女」「ぼてふり安」「人は見かけに」「夕涼み殺人事件」の全八篇。女主人るい、恋人の東吾とその親友・畝源三郎が江戸の悪にいどむ。

ひ-1-204

（　）内は解説者。品切の節はご容赦下さい。

平岩弓枝
幽霊殺し
御宿かわせみ5

表題作ほか、「恋ふたたび」「奥女中の死」「川のほとり」「源三郎の恋」「秋色佃島」「三つ橋渡った」の全七篇。江戸の風物と人情、そして「かわせみ」の女主人るいと恋人の東吾の色模様も描く。

ひ-1-205

平岩弓枝
狐の嫁入り
御宿かわせみ6

表題作ほか、「師走の月」「迎春忍川」「梅一輪」「千鳥が啼いた」「子はかすがい」の全六篇を収録。美人で涙もろい女主人るい、恋人の東吾、幼なじみの同心・畝源三郎の名トリオの活躍。

ひ-1-206

平岩弓枝
酸漿《ほおずき》は殺しの口笛
御宿かわせみ7

表題作ほか、「春色大川端」「玉菊燈籠の女」「能役者、清大夫」「冬の月」「雪の朝」の全六篇を収録。おなじみの人物を縦横に活躍させて、江戸の風物と人情を豊かにうたいあげる。

ひ-1-207

平岩弓枝
白萩屋敷の月
御宿かわせみ8

表題作ほか、天野宗太郎が初登場する「美男の医者」「恋娘」「絵馬の文字」「水戸の梅」「持参嫁」「幽霊亭の女」「藤屋の火事」の全八篇。ご存じ〝かわせみ〟の面々が大活躍する人情捕物帳。

ひ-1-208

平岩弓枝
一両二分の女
御宿かわせみ9

表題作ほか、「むかし昔の」「黄菊白菊」「猫屋敷の怪」「藍染川」「美人の女中」「白藤検校の娘」「川越から来た女」の全八篇。江戸の四季を背景に、人間模様を情緒豊かに描く人気シリーズ。

ひ-1-209

平岩弓枝
閻魔まいり
御宿かわせみ10

表題作ほか、「蛍沢の怨霊」「金魚の怪」「露月町・白菊蕎麦」「源三郎祝言」「橋づくし」「星の降る夜」「蜘蛛の糸」の全八篇収録。小さな旅籠を舞台にした、江戸情緒あふれる人情捕物帳。

ひ-1-210

平岩弓枝
二十六夜待《にじゅうろくやまち》の殺人
御宿かわせみ11

表題作ほか、「神霊師・於とね」「女同士」「牡丹屋敷の人々」「源三郎子守歌」「犬の話」「虫の音」「錦秋中仙道」の全八篇。今日も〝かわせみ〟の人々の推理が冴えわたる好評シリーズ。

ひ-1-211

本の話

読者と作家を結ぶリボンのようなウェブメディア

文藝春秋の新刊案内と既刊の情報、
ここでしか読めない著者インタビューや書評、
注目のイベントや映像化のお知らせ、
芥川賞・直木賞をはじめ文学賞の話題など、
本好きのためのコンテンツが盛りだくさん！

https://books.bunshun.jp/

文春文庫の最新ニュースも
いち早くお届け♪

文春文庫のぶんこアラ